滴水集

DiShuJI

黄 勤 著

暨南大学出版社
JINAN UNIVERSITY PRESS

中国·广州

图书在版编目（CIP）数据

滴水集／黄勤著. —广州：暨南大学出版社，2018.9
ISBN 978 - 7 - 5668 - 2458 - 5

Ⅰ.①滴…　Ⅱ.①黄…　Ⅲ.①中国文学—当代文学—作品综合集　Ⅳ.①I217.2

中国版本图书馆 CIP 数据核字（2018）第 186607 号

滴水集
DISHUI JI
著　者：黄　勤
···

出 版 人：徐义雄
责任编辑：黄文科　许婷丽
责任校对：冯月盈
责任印制：汤慧君　周一丹

出版发行：暨南大学出版社（510630）
电　　话：总编室（8620）85221601
　　　　　营销部（8620）85225284　85228291　85228292（邮购）
传　　真：（8620）85221583（办公室）　85223774（营销部）
网　　址：http://www.jnupress.com
排　　版：广州尚文数码科技有限公司
印　　刷：佛山市浩文彩色印刷有限公司
开　　本：889mm×1194mm　1/32
印　　张：7.5
字　　数：150 千
版　　次：2018 年 9 月第 1 版
印　　次：2018 年 9 月第 1 次
定　　价：40.00 元

（暨大版图书如有印装质量问题，请与出版社总编室联系调换）

作者自画像

人生旅途，犹如骑单车，
双脚蹬踏，车前进，
双手平衡，认方向，
唯有如此，
才能到达胜利的彼岸。

　　　　　　　——作者题记

前　言

　　几年前，我就有把自己所写的一些文章汇编到一起的想法，但是由于自己平时医疗工作繁忙，便一拖再拖，没有去做这件事。人都有一定的惰性，我自己就是一个惰性比较强的人。后来，随着年龄增大，我终于下定决心来做这件事了。就像有人说的，时间就像海绵里的水一样，你愿意去挤总还是有的。当我把自己这些年前前后后所写的文章归纳后，我看了一下，不知道为这个文集取个什么名字会比较贴切。前思后想，搜肠刮肚，真有点儿让我犯难了。一下子又不可能从别人那里找到可参考的东西。我冷静下来，又把这些文章反复看了几遍。我发现自己的这些文章，比较杂乱，时间跨度也比较大。有的文章谈年轻时候的事情，有的文章说岁数大时的看法，有的文章谈到国内的一些生活情况，有的文章又说到国外的一些事情，真有点五花八门、杂乱无章。但是，我仔细看了以后，发现这里面有一点点类似的东西，即大多数文章都是谈自己现实生活中的一点一滴。这时，我不禁思考，一点一滴在我们生活中是什么东西呢？非常平凡的，非常常见的，我想，它不就是水吗？点点滴滴一滴水，一点一滴的文字汇编成一个集子。于是，我决定这个集子就叫作"滴水集"吧。

　　说了这么多，目的就是想给自己这个集子取个名字。现在，我又想，怎么样也得找一些优雅的理由为自己取的这个名字做点解释。于是，我又想到一些关于水的科学知识。

　　科学家说过这样的话：人类要在地球上生存，必须有三个基本条件，即空气、水和土壤，三者缺一不可。否则，我们的生命就难以维持。所以，人类要到地球外，到宇宙其他的星球上寻找生命，首先得看那个星球有没有水。其实，如今水也在无时无刻地影响地球，使之发生变化。海平面的上升，将淹没一部分陆地，淹没一些国家，这就是水可能造成的变化。说这些是不是有点扯远了。水的科学有很多，我是很难说清楚的。

　　一滴水，如同沧海一粟。然而，浩瀚大海必定由每一滴水组成。如果每一滴水都干涸了，浩瀚大海必定消失。当然，这是不可能的。这里不过只是说说而已，我们绝不能忽视一滴水的存在。有学者说，我们老百姓每个人犹如一滴水。政治家又说，水能载舟，亦能覆舟。这个水就是指老百姓。这些比喻的道理也早为人知了。

　　当然，就我们个体来说，也犹如一滴水淹没在海洋、河流或空气中。如此平常，让大家都觉得好像自己不重要一样。所以，我们每一个人，在这个社会的大海中都既有他的存在感，又有他的消失感。

　　一滴水，它可以映射出太阳的光辉，也有它美丽的一刻，但那必须有太阳给它光才行。一滴水，它离开大海也会干涸而消失，就像我们的生命一样消失得不留痕迹。我之所以说这些废话，就是告诫自己，不要把自己看得太重。一个人，只不过像一滴水那样平凡，大海里有无法用确切数字来形容的这样一滴水。

同样，我想我写的这些文字也像是一滴水，那么简单，那么平凡。我把自己生活中的点点滴滴写下来，就是为了让自己明白一句话：读书给我知识，生活给我经验。然而，这些都是要在自己人生旅途中慢慢思索才有所体会的。所以，用滴水来形容这本书的内容，就是因为它是那么简单、那么平凡。我实在找不到什么华丽的词语来给自己这些文章的结集取名，就用"滴水集"吧。

同时，我内心也感到非常忐忑。现在是信息时代，微博、微信中有大量的文章，就像千军万马一样涌来。我所写的这些文章，也许会像一滴水一样干掉，不留一点痕迹。想到这里，内心也有一点心灰意冷。可是，想多了也没用，无论如何，只要确定自己是想做这件事就行了。只凭内心，不问得失。最后再次下定决心，完成这件事。

书中有几篇文章是几十年前写的，我也放在一起。那时年轻，写的东西不怎么成熟，写的人物也不一定健在。不过，现在写的文字也未必好到哪里去。像一滴水，没有什么味道。像一滴水，那么简单，那么平凡。只希望大家看看，能不能从这滴水中看到一点从太阳那里映出的色彩斑斓的光。如能这样，我也就知足了。

最后，我要感谢三九脑科医院病人服务中心的邹群英、王琼、陈斯文、姚嘉雯同志帮我给部分文章打字，感谢刘良亿先生对所有文章的文字做了校对。我更要感谢我的大学同学，远在无锡的彭黎先对我的鼓励，她往往是我文章的第一位读者。感谢暨南大学出版社黄文科编辑对我的帮助和关心。滴水之恩，又说到了一滴水，哪怕是人家给你一点小帮助，你都必须记住，必须感谢。人生修行，从感恩开始。不懂感恩的人，修行的路走起来朋友也越来越少。

黄 勤

2018 年 5 月

{目 录}

CONTENTS

{目　录}

第一编 杏林笔记

身高不能由自己决定，
态度可以自己做主

医生是一门职业，
神经外科更是一门事业

　　最近，许多年纪比较大的医生都喜欢谈论医学的人文学问题。在医学院读书期间，学生大多数时候都忙于学习医学理论，很少有时间去想医学的人文学问题。何况当时还没有当医生，缺乏接触患者的体会。所以，医生也是人，也要经过一段临床工作后，才有体会。有人说，医学成了人类必须掌控的一门极端复杂的艺术，它考验医生是否能够驾驭这种复杂性。

　　现在许多医院有一个标识，白色的"十字"，其四个方向围绕着四颗红心。我问了许多人，这个图案是什么意思？很多人回答不上来。白色"十字"是红十字的借用，其四个方向围绕的四颗红心，分别代表着爱心、责任心、耐心和细心。我认为这四颗红心，实际上是我们做好一个医生或护士的要求。做好一个医生，必须先做好一个人。

　　有人认为，世界上只有两种职业既有一定收入又有真正尊严，这两种职业分别是医生和教师。前者是治病救人，后者是教书育人。医学是有别于其他学科的，有其特殊性。医生不光是看病，他看的还是病了的人。医生对患者必须有两个重要方面的考虑：其一，个体差异，同样的病，不同的人；其二，医生要带着爱心去了解患者，医生治疗疾病是帮助患者，让人更健康，让生命更有尊严。缺乏科学的医疗是愚昧的，缺乏人文的医疗则是冰冷的。医生的天职是帮助别人，这是医生职业受人尊敬的根本原因。

医生是掌握医学技术的人，既然是人，就会有过失。在医学发展过程中，医生也是在不断吸取自己失败的经验教训中成长起来的。人类的错误分为两类：无知之错、无能之错。这里当然包括知识有限、能力不足、障碍无法克服等问题。

医生必须遵守"医学之父"希波克拉底的誓言，他教育我们作为一个医生的职业准则，誓言是这样说的，"我将以自己的能力和判断力从事医疗。我考虑患者的利益，不使他们遭受毒害。我将怀着纯洁与神圣的心度过自己的一生，实践自己的医术。我不伤害一个遭受痛苦的人，而是去帮助他医治创伤。无论走进任何人家，我是为患者康复而去的。我将摒去有害的和败坏的邪念，既不受别人意志的支配，也不随心所欲。当我信守这一不可玷污的誓言时，我就可以享受人生、事业及所有人对我的尊敬。相反，假如我冒犯和违背了这一誓言，我将失去这一切"。

这就是"医学之父"希波克拉底的誓言。我认为每一位医生都必须学习，必须遵守。它不是信仰，它是医生这个职业所需要的道德水准。

唯有将工作变成事业，才能发自内心去热爱它。

神经外科医生是所有外科医生中最难成长的医生。他需要有非常扎实的解剖基本功，对大脑的复杂结构、神经错综的走向，对网状的脑血管，都需要十分清楚。手术操作的准确判断能力、沉稳、冷静、细心都是神经外科医生不可缺少的素质。

纵观现代医学发展的历史，影像学的发展为神经外科发展做出了不可磨灭的贡献。20世纪二三十年代，影像学凭印象。1927年葡萄牙神经外科医生 António Egas Moniz 发明了脑血管造影术，即通过脑血管造影分析脑血管的走向来推断病变所在。20世纪70年代后，影像学靠设备。1971年9月美国物理学家科马克和英国电子工程师豪斯费尔德发明了CT，1979年两人因发明CT获得诺贝尔奖。2003年10月美国科学家保罗·劳特伯和英国科学家皮特·曼斯菲尔德因发明了核磁共振技术并获得诺贝尔奖。这些发明为神经外科医生在病灶的定位诊断及大多数定性诊断上，提供了巨大的帮助。21世纪，影像学要靠思维。影像学的未来——希望在结构上能看到神经功能的变化。

神经外科发展有三个阶段，1960年前为大体神经外科，1960年后为显微神经外科，2000年至未来为微侵袭神经外科。

大体神经外科（20世纪60年代以前）：如目前常用颅脑损伤手术、去大骨瓣减压术以及大多基层医院的颅脑手术。

显微神经外科（20世纪60年代以后）：现代神经外科手术的基础，目前世界医院神经外科普遍采用的技术，例如脑膜瘤的切除术等。常见的如开展各种常规显微外科手术治疗脑出血（动脉瘤、动静脉畸形等），进行颅脑肿瘤、椎管内外肿瘤切除，利用微血管减压术治疗面肌痉挛、三叉神经痛等。

微侵袭神经外科（21 世纪后）包括三方面：神经内窥镜治疗技术、血管内治疗技术、立体定向放射治疗技术。微创神经外科包括了微侵袭神经外科的概念。随着新仪器和新技术的使用，微创神经外科也逐渐形成了神经内窥镜神经外科学、血管内治疗神经外科学、立体定向放射治疗神经外科学三个亚专业发展方向。

从目前神经外科发展来看，神经内窥镜治疗技术将是未来神经外科的重要技术。神经内窥镜治疗技术将解决脑室内、颅底鞍区、斜坡等区域病变的手术问题。神经内窥镜手术创伤小，对正常脑组织的伤害程度最低，使患者高度受益。

在许多前辈的努力下，中国神经外科的发展不断前进，目前已经达到国际先进水平。在这些前辈中，我们不会忘记王忠诚院士卓越的贡献。他创建了中华神经外科学会，创办了《中华神经外科杂志》，创立了北京神经外科研究所。在中国，他较早开展显微神经外科手术，成为世界脑干显微神经外科手术的先驱之一。

人活在这个世界上是为了什么？人活着，就是为了实现自身的价值。王忠诚院士就是把神经外科当成一项事业来追求，在他的事业中充分体现了他自身的价值。

医生是一门职业，神经外科更是一门事业。如果你想成为一名神经外科医生，那就必须充分认识到脑部正常解剖结构与生理特征，充分地了解大脑、小脑、脑干等结构，尤其是手术入路的解剖，还有神经及血管的分布。不了解手术入路解剖结构，会导致手术损伤正常结构，术后易造成患者病残，甚至死亡。同时还要充分了解各种神经外科的设备及器械的应用。掌握这些设备和器械的功能，才能在手术中精细地保护大脑正常结构，最大可能地切除病灶。一流的神经外科人才，必须掌握一流设备的应用。

从现代神经外科的发展来看，功能神经外科发展神速。除常规癫痫手术治疗、显微血管减压术治疗面肌痉挛及三叉神经痛外，引人注目的神经调控是目前功能神经外科发展的一个热点。随着科学技术的发展，功能神经外科可能会引进人工智能来进行手术，也可能用芯片代替听力器官，使有听力障碍的人能听到声音；也可能用芯片代替视力器官，使盲人重见世界；也可能用芯片改变人的智力，使脑瘫的人能够独立生活。这一切都有可能。心脑血管病是目前导致人类死亡的第一杀手。心脑血管病发病率高，因此，心脑血管病是神经外科医生研究的重要方向之一。蛛网下腔出血的研究，不要光停留在手术方面，还应通过大量的基因检测，来发现疾病本身的原因，用改变基因的方法，避免许多人产生动脉瘤。在心脑血管病的治疗上，微创神经外科的血管内治疗、介入治疗将随着科学技术的发展，出现更多的治疗材料，使治疗更为完美。

神经外科是一门发展迅速的学科。医生是一门职业，神经外科更是一门事业。从事这门事业的人，一定要有综合的思维，在前人事业的基础上，勇敢探索，攀登高峰。

路在何方

我原来工作的医院科室请我去讲课，我有点犯难，不知道给他们讲什么比较合适。我思索了一阵子，告诉他们说，不要讲课吧，就谈心，大家一起聊聊天，谈谈心，谈谈自己的一些思维吧。

思维，好像是哲学家谈论的话题，但其实在我们生活中，处处有哲学，只不过我们没有把它提炼出来，或者说没有把它归纳出来罢了。我准备先给大家讲两个故事，当然这些故事也是别人的，不过我会谈谈自己的体会。

第一个故事是毕加索的画。毕加索出生于西班牙，是美国《时代周刊》1999 年评选出的"20 世纪最具有影响力的 100 个人物"之一，现代艺术创始人，当代西方最具创造性与影响力的艺术家。

可是，他的画很多人看不懂，我也看不懂。有人告诉我，毕加索的画是"立体主义"，把看得懂的、平面的东西拆开来，再拼成你看不懂的、立体的东西。我想，就像他画的人像一样，在平面上显出两只高低不同的眼睛，那是一个运动着的立体，在平面上展示给你看。在这里我没有资格去讨论毕加索的画，我实在是门外汉。但有句话一定要记住——以简洁方式传达思想，这是毕加索留给后世的一大精神财富。

我认为，毕加索的画是用绘画表达思维，用简单的线条表达画面以外的东西，他的画是画中哲学的索引。

那么，毕加索的画对我们学科的发展有什么启迪呢？我想就是思维——通过不同的思维、不同的角度、不同的方式来考虑我们的学科。思路决定出路，这就是我要谈的第一个故事。

第二个故事就是"米其林餐厅"了。米其林不是卖汽车轮胎的吗？怎么与餐厅搭上钩了？原来，早年米其林公司为了让驾驶汽车的司机在修车店能找到解决餐饮问题的地方，他们义务编写了一本附近餐饮店的介绍指南。经过历史长河的淘洗，这本餐饮店的介绍指南颇受欢迎。发展到后来，有些餐饮店要进入到这本介绍指南里，必须符合米其林公司的条件。他们要求餐饮店物美价廉，质量上乘，并且要求第三方暗地审核。只有经过严格评定满足要求的餐厅，他们才发给证书。因此，进入米其林餐厅名录中的餐厅，必定是优秀的餐厅。新加坡有一家小餐厅被考评上了米其林餐厅名录，这家店面很小，是一家只卖烧腊饭的快餐店。

从这个故事里，我们可以领悟到，不必在意地方小，不要在意事情简单，只要用心做事，认真做事，坚持到底就能得到社会的认可。

从以上两个故事里，我们要懂得两个简单的哲学道理。思维决定命运，思路决定出路。人生主动思考才有可能成功。如果一个人缺乏奋斗精神，做事不认真，没有上进心，老抱怨不足，缺乏担当，没有追求，那么他还能成功吗？

好。回到医院主题来，我谈谈一些看法。医生的天职是帮助别人，这是医生受人尊敬的根本原因。

现在的医院除了挂有医院的名称外，还有一个医院标识。这个标识是我国卫生领导部门设计的，大小医院都有挂，它就是一个白十字，围绕这个白十字的四个方位有四颗心。这样一个标识有什么含义？我问了许多医生护士们，很少有回答全面的。白十字由红十字转化而来，表示医院有急救责任。救死扶伤是医生的天职。四个方位的红心，分别表示为爱心、责任心、耐心和细心。一般上方为爱心，下方为责任心，两侧为耐心和细心，它意指所有医护人员必须要有爱心和责任心，这是基石，医护人员参与任何医疗活动还必须持有耐心与细心。我们可以静下心来想一想，我们科室，我们自己是否达到了这些要求？

一个患者来到我们面前，首先他是一个人，只不过他患病罢了。医生不光是看病，他看的是病了的人。医生看患者必须有两个重要方向的考虑：一是个体差异，同样的病，不同的人。二是医生要带着感情去了解患者，医生治疗疾病是帮助患者，让人活得更健康。因此，我们要尊重患者，要让患者信任你。如果缺乏信任，再好的医疗都难以实施。有人说："缺乏科学的医疗是愚昧的，缺乏人文的医疗则是冰冷的。"

一个科室要发展，首先要有技术。科室是学科的平台，医疗是技术活，安全地开展现代医疗技术是至关重要的事情。目前以显微神经外科为基础的微侵袭神经外科是神经外科的发展方向。内镜技术介入治疗是前沿的治疗方法。今天主要不谈具体技术，但必须认准发展方向。除技术外，科室的主要工作是服务——医疗服务。现代社会对医疗的要求比较高，因此，服务的方方面面都得努力改善。其次就是学科的管理。管理两字是分开的。管就是制定规章、制定标准。科内按方向制定发展的标准，然后交给大家执行；理则是要检查执行情况，根据执行情况设置奖罚。大多数科室都有规章，都有标准，但是缺乏检查，缺乏检查后的奖罚，使许多东西变成一纸空文。其实，这就是执行效果太差了。没有执行，一切都是纸上谈兵。

千里之行，始于足下。我们科室要发展，必须动员每个人。我们的口号是为科室发展，从我做起，从细节着手。许多管理专家都教育我们，细节决定成败。哪些细节是大家可以改变的呢？举一个例子吧。如果有一个人来你的科室找你们的主任，你可以回答：不知道；你也可以回答：他现在不在，有什么事我可以帮到你吗？相比之下，后者肯定会让人感到温暖。

如果你是个住院医生，你对你所经管的每个患者，见面时问个好，然后递一张你的名片，告诉他，有什么困难就找我，患者一定很高兴。这也说明你有强烈的责任心，有责任心的医生，一定会受患者欢迎。可是，我们很多科室住院的患者，没有几个患者能搞得清楚自己是哪个医生经管的，甚至不知道自己的病情该向谁去反映。这些点滴都是细节。如果真正把细节做好，科室一定会发展得更好。改变服务，不需要成本。改变服务，或许能收到意想不到的结果。

世界这么大，要改变它并不容易。改变要有思维，要经实践得到大多数人的认可，才有成效。跟改变世界比起来，更容易的是改变自己。其实改变也并不容易。你认识不到，你就不会改变自己。你认识到了，有思维了，才可能去改变自己。改变自己需要有毅力。有人说过一句话："人生最大的困难就是战胜自己，战胜自己是一种自觉的行为。"认识不到自己，就不会有这种自觉的行为。改变自己，一定需要顽强的意志。

科室的发展，科主任起到关键的作用。科主任是科室的带头人。因此，这个科室由他带领才能发展。一个好的科室带头人，可以"起死回生"。一家医院，有许多这样的例子。科主任提倡成为三个家：专家、社会活动家和经济学家。科主任在学术上一定有自己的长处，能解决科内医疗上的疑难问题，有擅长的治疗领域，对某一种病有独特的认识与全面了解。同时，科主任是社会活动家，医学是涉及许多人文学科的专业学科。科主任应有许多朋友，在行业中有一定地位，多参加一些社会活动。科主任是经济学家这个说法有点夸大其词，但科主任起码对科里的经济要有所了解，合理分配科里员工的经济利益，不要因经济利益影响学科的管理与发展。科主任对学科的建设起到引领的作用，学科建设是考验学科带头人学术水平、为人胸怀、道德境界的试金石。学科建设包括学科带头人自身的学术追求、科里各级人员的培养以及科内学术氛围的建立。

社会发展到今天，医疗成为市场经济，这有悖医学的宗旨。医疗是人们身体健康的保障，它不应该是市场经济。全民医疗是一个国家发达与文明程度的标志。如果要说市场，那么为患者提供的良好服务，与家属的充分沟通，就是我们市场的推动力。治好一个患者，就多交一个朋友，这就是市场。美国梅奥诊所统计过，口碑传播就是营销。91%的患者曾主动向别人介绍梅奥诊所，85%的患者推荐过其他人去梅奥诊所，梅奥诊所的核心宗旨就是"患者至上"。

现代社会是信息时代，需要有学术水平的网络。我们不要忽视网络的力量，要改变传统以医院为单位宣传的思维，要以病种或技术为关键词进行网络宣传。因为许多人习惯以疾病名上网搜索找专家。现代社会已经不是"酒香不怕巷子深"的年代了。因为这个社会到处是酒香，你都分不清酒香从哪里来，而且真假酒香难辨。有人说，简单的事情复杂做，你就是行家；复杂的事情简单做，你就是专家；重复的事情用心做，你就是赢家。

人活在这个世界上是为了什么？人活着在世界上，就是为了实现自身的价值。卢瑟·伯班克有一句话——时间不能增添一个人的生命，然而，珍惜光阴可使生命变得更有价值。因此，没有下一次，没有从头再来的机会。错过了现在，就永远没有机会了。我们每个人必须拥有主动思维，积极向上，奋力拼搏，有事业，才有更好的生活。你若不想做，总会找借口。你若真想做，总会找到办法。机会是属于开拓者的，奇迹是属于执着者的。

　　现代社会无论是医院，还是科室，都需要技术、服务和市场，但更重要的是需要思想文化的指引。这一点非常重要，而且容易被人忽视。

　　路在何方？路，就在脚下。从我做起，从细节着手。

蜡烛燃烧自己
始终流着泪
直到泪干

气球治病

　　谈起气球，人们往往想起航空史上乘气球长途旅行的趣闻。1908 年，英国的高德罗等三人乘巨大氢气球从伦敦出发，经历一天半的传奇式飞行，在波兰安全着陆。他们以献身精神进行科学探索，实在令后人敬佩。

　　在当今的气象科学研究中，气球仍担任着极其重要的角色。用气球携带无线电气象测候器，可观测到高空变幻莫测的气候信息，为预告天气提供可靠的数据。然而，谈到气球治病，这对许多人来说，还是件闻所未闻的事。其实这不过是一种微型气球的应用罢了。

　　用气球治病，是用它来扩张动脉，以矫正血液循环方面的毛病。

　　一个儿童患有肺瓣膜狭窄的心脏病，由于肺瓣膜太小，不能让足够多的血液由心脏流入肺，从而使心脏内压力升高，长时间下来会引起心脏衰竭，最终导致死亡。

　　如何使狭窄的肺瓣膜重新开放呢？在以往的三十年中，是通过打开心脏进行手术。这很危险。近年来，医生应用气球技术，把一根小导管放入儿童腿部动脉内，导管沿血管向上推入心脏。在一台特殊的 X 光机下，观察到导管在心脏内的位置。导管前端有一个微小气球，医生把气球推入肺动脉瓣狭窄处，然后，通过使气球膨胀，从而将狭窄的肺瓣膜扩张开。

气球除用来扩张狭窄的瓣膜外，还可定向阻塞某些畸形血管，即选择性人工栓塞。

有的患者因脑外伤，大脑动脉与静脉发生相通，即动静脉瘘。由此，新鲜的血液与静脉血混合，从而影响大脑功能。

如何阻断这种畸形的交通呢？医生们采用气球技术，从患者颈动脉放入一根带气球的导管。气球随着血液向上漂流，导管控制气球的方位。当气球到达血管的"瘘口"时，气球便从导管上脱落阻塞之，使血液不再由此交通。

医生用微型气球来治疗一些疾病，是取气球的可扩张性和飘浮性两个特点。

蔚蓝的天空中，飞来几个气球，悠悠哉哉飘浮上升，仿佛在向人们致意；又仿佛在告诉你，气球虽简单，但要把它运用到复杂而又高难的领域，也是不容易的。只有深入仔细地观察并剖析事物的本质才能办到。

耳鸣与听神经瘤

耳鸣是一种十分常见的症状，是指一个人在无任何外界音响刺激时，却听到声音的感觉。

引起耳鸣的原因很多，像高血压、低血压、贫血、植物神经系统功能紊乱等。还有一些职业性因素，像在噪音环境下工作，潜水员在高压下工作后也可能引起耳鸣。不过这种耳鸣多为双侧性，偶有发生。

另外，耳部疾病像耵聍栓塞、中耳炎等也可引起耳鸣。通常耳部疾病引起的耳鸣多为低音调"嗡嗡"的声音。

有些药物过敏或中毒也会引起耳鸣，这种耳鸣为双侧性耳鸣，像吹口哨声或蝉鸣声的高音调。目前，医学上使用链霉素仍然很广泛，耳鸣是其不良反应之一，因此使用时要特别慎重。一旦出现耳鸣，必须马上停药，否则很快会发展为耳聋，而且无法治疗。

血管性耳鸣比较少见，这种耳鸣的响度与心脏搏动一致，为持续性低音调耳鸣，随着体位的改变，耳鸣声音的大小也随之变化。

神经系统的疾病引起的耳鸣既常见，又危险。如果一个人的耳鸣固定在一侧发生，耳鸣的音调像吹口哨或蝉鸣声，并且耳鸣由开始的间歇性逐渐变为持续性，同时患者听力下降，这时要特别警惕颅内是否有听神经瘤存在的可能。

听神经瘤是生长在听神经上的良性肿瘤，由于起源于听神经的鞘膜上，所以称听神经瘤，多见于中年人。最早期由于肿瘤对听神经的作用，仅影响听神经的功能，表现为头昏、眩晕、耳鸣和听力下降。故而，听神经的症状常被患者忽视，或使患者求医于耳科医生。

随着病情的进展，患者听力会越来越差。如果用电测听检查，可发现患者是高音调的神经性耳聋。如果再拍摄内听道 X 线平片，则发现内听道扩大。随着肿瘤生长，患者会发现面部一侧感觉迟钝，甚至出现口角歪斜，此时听神经瘤就比较大了，不但听神经本身受到损害，肿瘤还侵犯了面神经和三叉神经。

听神经瘤是一种良性肿瘤，早期诊断是取得良好疗效的关键。有人听到脑子要开刀，就有一种恐惧心理，其实是多虑了。开颅摘除听神经瘤，一点也不会影响脑子。因为听神经瘤是长在脑子外头颅内的"桥小角"上。早期手术治疗既可能把肿瘤全部切除达到痊愈的目的，又因肿瘤体积小有不易损害面神经的功能。随着现代医学的发展，在显微外科技术的治疗下，有的患者手术后甚至可以保留听力。

"刹车" 综合征

公司的贺总病了，一周没来上班。

中午时分，接待处的小李趁吃饭的时候，悄悄地问人事部张经理。她们俩是好姐妹，平时常来往。结果，张经理告诉她，不清楚，人事部只能管公司员工的事，经理、老总这个级别的事，不敢去问。

不久，公司员工私下都在闲聊，谈论公司第一把手病了的消息，众说纷纭。

有人说，贺总得了肝病。因为他经常陪人喝酒，尤其遇到北方来的客人，不喝醉就不够朋友，就签不了合同。大家猜贺总一定是肝脏出了问题，这不是没有道理的。

又有人说，贺总得的是肺病。因为贺总抽烟时间长，他从十八岁开始抽烟，抽了三十多年了。而且每天两包，工程压力大的时候，抽得更多，厉害着呢。去年他咳嗽厉害，才去戒烟的，很可能是肺有什么问题。大家说，有道理，这有因果关系。

还有人说，贺总是心脏出了一些毛病。他那么肥胖，又抽烟又喝酒，一定会影响到他的心血管功能。最常见的心血管问题就是冠心病。大家冷静思考后，认为肯定是这种病了。这是当前比较流行的一种病。

然而，大家没有见到贺总，这些只不过是各人的猜测而已。要想真正知道贺总的病，一定要贺总亲自去医院检查了才知道。于是，大家决定去贺总家探望一下。敲开贺总家的大门，令大家诧异的是开门的人竟然是贺总。

大家到厅堂入座后，急忙询问贺总的身体情况。贺总笑着回答，自己肯定有病。不过，到现在为止还没搞清楚是什么病。贺总告诉大家，这一周来，每天发生七八次突感畏寒，用厚被子盖住都不管用，必须去浴室冲热水澡才能缓解。尤其是晚上，被弄得睡眠不足。如不发作，一切正常。大家听后，都觉得奇怪。个个出主意，有的人说，必须去医院检查一下。有的人说，必须检查头部。大家七嘴八舌议论着，好不热闹。片刻，贺总笑了，说："我什么检查都做了。除胆固醇、三脂高外，一切正常。"

这就奇怪了，接着，大家又议论开了。还是人事部张经理脑瓜子灵，她说："看西医不行，咱去看中医。怎么样？西医治病，中医调理。贺总的病需要的是调理。中医专门治疗疑难杂症。"她的意见得到大家一致的赞同。

次日，张经理几个人陪同贺总来到一家"国医堂"。VIP诊室的钱老医师接待了他们。钱老七十开外，但精神矍铄、思维敏捷。他仔细问了贺总就医的来因后，就观察了一下贺总。望闻问切，钱老按部就班看病，一点也不马虎。接着，他开始切脉，把三只手指轻轻放在贺总左手腕部。按中医理论切脉，在寸、关、尺三只手指的位置轻轻按下，然后钱老闭目深思。片刻，钱老觉得手指有种不同的感觉。"滑脉？"钱老觉得不妥，贺总是位男士，滑脉是女士有喜之脉。钱老毕竟临床经验丰富，他感到此脉有蹊跷之处。接下来，钱老看了看舌苔，又问："你抽烟吗？"贺总笑了起来，回答："我抽烟时间长，从十八岁开始抽烟，抽了三十多年。不过，现在戒了。""戒了多久？""才一个月。"这时钱老舒了一口气，微笑着说："你这叫'刹车'综合征。"

"刹车"综合征？大家没有听过这样的名词，面面相觑。大家急忙问，到底何意？钱老笑着说："'刹车'综合征比喻我们开车途中，突然刹车，坐车的人按惯性向前冲。贺总长期抽烟，体内所有的器官都适应了在原来的环境状态下工作。如果一旦突然戒断，身体内会产生一些后继的反应，这种反应又叫戒断综合征。"接着，钱老又解释说："我们每一个人体内都有一种神经系统，叫植物神经系统。植物神经就像植物一样，有自律性，它不受大脑意识控制。这种神经长期习惯于你吸烟的状态，一旦你的习惯突然中断，也许它反而不适应了，从而产生一些症状。"

大家听钱老解释后，才明白了一些。那怎么办呢？钱老说："我开几副中药给贺总服用，就可以慢慢好转的。烟就不要再抽了。"

在回来的路上，大家议论着。如此有意思的称谓，"刹车"综合征、戒断综合征。实际上，社会生活中许多事情也有这样类似的症状，只不过大家没有认识到罢了。不识庐山真面目，只缘身在此山中。

　　这是我根据一个患者真实情况编写的故事。我想，世界真奇妙，人体也是真奇妙。你可能难以想象一种物质进入人体后，在体内到底是怎么变化的。大家都认为与代谢有关。然而，代谢又受到内外因素的影响。因此，代谢对每一个器官的影响，并不是我们想象中那么简单的。所以，有时候，中国传统医学会给我们带来一些新的认识。中医和西医是两个不同的体系。中医是从宏观的、整体的、辩证的角度来看待人与疾病。西医是从局部的、结构的、细微的角度来看待人与疾病。西医有时候会只见树木，不见森林。而中医，不但重视森林，还重视影响森林的整体环境。有人说，中医是模糊医学，像中医里的五行学说，金、木、水、火、土，似乎都是模糊概念。然而，它是宏观地、辩证地看待人体内各个器官之间的关系。因此，在对疾病的治疗上，两种医学体系各有千秋。对于局部的肿瘤，可采取西医外科手术方式处理，而一些慢性的系统疾病，可采取中医的方法。治未病，是中医的前瞻性调理，值得提倡。我在这里只是班门弄斧，希望能抛砖引玉，引来更多的关注。

灯下夜话，漫谈头痛

要说头痛，大家都有过切身的体会。不管男女老少，不管富贵贫贱，每个人都可能尝过这种难过的滋味。有人开玩笑问，美国总统头痛吗？肯定回答，有过，他的头痛与普通人没有什么两样。有钱的人可买美味佳肴，但买不来食欲；有权的人可主宰重大决策，但逃避不了头痛。

那么，头痛是什么？头痛就是人的颈部以上部分的难过、不适、紧匝等难以描述的滋味。一句话，头痛就是头痛的滋味。这种感受由于引起的原因不同，因而产生的难过感受也不同。不过，从人的解剖生理分析，头痛是各种因素使颅内脑膜、血管以及头皮神经血管受到刺激作用的反应。这种反应可感受为胀、跳、刺或剧痛，真是五花八门。头痛的部位也因人而异，有的头痛呈全头性，有的总是在前额，有的在两侧太阳穴，还有的在后脑勺。更为奇妙的头痛，呈游走性，疼痛部位并不固定。

如果有人说，你的头痛是假装的，你一定会火冒三丈，但愿上天有灵让他领略一下这种真实滋味。不过话说回来，如果你假装头痛，再高明的医生也束手无策，只好以假当真来对待。从一切医学道德出发，宁可信其有，不可信其无，诊断为真的比较好。

自从人类有了文明史以来，对于头痛就有了认识。古希腊医学家希波克拉底曾描绘过头痛。我们也不会忘记三国时期曹操头痛、华佗行医的故事。故事的真假让历史学家去考证，然而由此可见公元前在中国历史上就有关于头痛以及其治疗方法的记载。

有人问，头痛是一种疾病吗？不是。头痛只不过是一种极为常见的症状，是多种疾病的临床表现。正因为头痛的原因多种多样，表现得形形色色，人们又缺乏对它的详细明确的了解。因而，往往容易引起人们心理上的恐惧。

不知是不是女同胞比较温柔的缘故，女性头痛的发病率远比男性要高。我不敢公开这种看法，以免激怒"半边天"。不过，偏头痛患者十有八九是妇女，这确实是门诊常见的事。尽管科学发展了到人类在宇宙空间站工作，医学使用电子显微镜，然而，偏头痛是什么原因引起的，仍然是个谜。

一位年轻女患者哭诉说，她头痛，她母亲有过头痛，她外婆也有过头痛。这么说她的头痛有家族性。的确如此，偏头痛有遗传因素。如果父母都有偏头痛，子女几乎都可能遭此不幸。如果父母中只有一位患偏头痛，那么后代有一半概率会遗传。

一位年轻姑娘不好意思向医生谈她的头痛。因为她的头痛总是在来例假期间发生。当医生了解后，告诉她，她的头痛与内分泌有关。这种头痛随着年龄增大，会减少发作。到了更年期后，有些人的头痛会消失。

巧克力诱人的特殊味道得到不少人的青睐。然而，有些人却不能享受这种人类智慧的产物。因为巧克力会使一些人头痛。当然，除巧克力外，还有乳制品等。据研究，这些食物经代谢后产生酪胺和苯乙胺等代谢物质，而这些物质作用于头部神经血管，影响其功能，从而使人产生头痛。有人要说，我吃了怎么没事呢？对此，我无可奉告。因为，这是变态反应，因人而异。

偏头痛与人的情绪有关。对此，不少人有体会，就是特别激动或疲劳后容易发作。这确实不知机理，有的学者谈到偏头痛的人性格与众不同。这种人具有敏感的个性，比较倔强、刚直而谨小慎微。一位年轻姑娘向她男朋友无缘无故地发怒。因为她头痛，情绪极坏，难以控制自己的情感。可见，偏头痛的人，往往伴有情感上的变化。

偏头痛除头痛外，还常有恶心、食欲不振等胃肠道症状。有的人头痛时眼冒金星，或有乱七八糟的幻觉。还有的人头痛伴畏光、对音响恐惧、注意力丧失等。

治疗偏头痛古老的方法是饮用大量咖啡和浓茶。这种方法至今对某些患者仍有缓解作用。

由于考虑到偏头痛与饮食有关，医生不得不奉劝发作频繁的人，忍痛割爱不要去吃巧克力、乳酪。有人说，我从来不吃这些食物。首先，我为你遗憾，人间如此美味都不尝尝。尔后，我还要告诉你，除上述两种外，还有一些食物，如橘子汁、酒类、酱油、红肠、火腿以及腌肉，也会引起偏头痛。当然，这些食物并非绝不能吃。

吸烟对人体的危害，已妇孺皆知了，如果偏头痛的人要吸烟，必定是自食其果。尤其"开夜车"工作吸烟，疲劳本身就可以引诱偏头痛的发作，再加上吸烟，犹如在伤口上加一把盐。

治疗缺氧性头痛的药物品种繁多，以往常用的药物是麦角制剂，可口服或放在舌下含化。但必须指出，麦角制剂所含的麦角胺成分会引起平滑肌收缩，因此孕妇或冠心病患者要避免服用。否则孕妇可因子宫收缩而早产，冠心病患者容易因此发生心绞痛，甚至猝死。这就因小而失大了。

有人问，服一片去痛片可以吗？当然可以，一片索密痛短时非常奏效。因此，头痛发作，注射安定、苯巴比妥也都是缓解疼痛的方法。治疗偏头痛的药物还有很多种类：心得安、苯噻啶、皮质类固醇、碳酸锂等。这些药物都从不同角度出发应用其作用机理，但并非对所有的患者都适用。苯噻啶可用于预防偏头痛的发作，碳酸锂有人认为是目前较有效的治疗偏头痛的药物。

偏头痛的人经常按摩自己的患部，可以说是一种良好的自身保健方式。发作时，用温热的手按摩也能缓解症状。如果用热毛巾敷头痛处，作用也是一样。日常生活中，用恒温电梳梳头，会促进头皮血液循环，对偏头痛的人颇有益处。

前面说过偏头痛主要多见于女性，但在儿童中头痛患者却更常见于男孩。这绝非人类之间的平衡，而是偶然的巧合。

一位小学四年级的顽皮男孩，如果他诉说头痛，家长可能以为他在设法逃避上学。然而，如果孩子因头痛无法上学的话，那就到了非常严重的程度了。因此，家长们对于自己孩子诉说的不适，千万不要掉以轻心。据许多专家调查，由脑瘤引起的儿童头痛，要比成年人更为常见。此外，引起儿童头痛的原因还有颅内出血、脓肿、炎症等症状。

儿童毕竟是儿童，思想意识远比成人要诚实得多。有时他们会因玩耍分散注意力而不诉说自己的难受，如果一旦连续诉说自己头痛，家长一定要带他们去医院就医。由于儿童处于生长发育阶段，颅内占位性病变的颅内高压，往往以呕吐为更早的症状，而头痛却不明显。

呕吐症状的出现，使得家长把孩子的颅内高压病变误认为是胃肠道的感染或消化不良，往往把孩子带到儿科就诊。有时少数粗心的医生可能忽视呕吐的本质问题，因而延误诊断。

此外，肾病、意外中毒以及鼻炎、鼻变态反应同样会引起儿童头痛。这样的头痛只要诊断出相应的疾病便能知道。

说儿童有紧张性头痛，成人可能会付之一笑。事实上，当今世界是信息时代、竞争时代和改革时代。学习上的压力，同样会使孩子不由自主地置身于紧张的环境之中。紧张的功课、超负荷的作业使儿童头痛症状越来越多。年龄大一点的儿童，由于父母迫使他们从事一些他们不愿干的活动，同样增加了头痛发病率。

不过，四分之三的儿童头痛的原因还是头皮神经性头痛。这种头痛属于良性头痛，间歇发病。情绪不佳或疲劳都会加剧这种头痛的发作。所以，儿童头痛只要经过神经科医生排除颅内病变问题，便可以放心。

医学是一门科学，千万不能主观去判别疾病，否则差错难免。这句话虽不是名言，却意义很深。我自己就有这样的体会。

曾有一位农民因头痛远道前来求医。因为他的头痛无特殊性，当时我想大概是神经性头痛，便开了一点药了事。事后患者头痛加剧，经别科医生诊断才知道患者是因有机磷农药中毒引起的头痛。这是由于自己疏忽给患者带来了痛苦，至今心中仍感到内疚。

农药中毒引起的头痛一般在接触数小时后发作，除头痛外还会眩晕、恶心、多汗甚至呼吸困难、昏迷。实际上对这样的患者只要认真询问一下患者发病前的情况便十分清楚。然而，许多人往往忽略这一点。

日常生活中，还有许多引起头痛的中毒。冬天烤火，一氧化碳中毒就非常常见。一氧化碳与血液中的血红蛋白结合，使其失去携带氧气的作用。因此，缺氧是引起头痛的主要原因，中毒严重者会昏迷甚至死亡。冬天，有人在家里洗澡，放一盆炭火，这太危险了，绝大多数一氧化碳中毒就是这样发生的。

中毒引起头痛的情况还有很多。有的山区人家举行婚礼，亲戚朋友都来喝喜酒。喝完喜酒，个个头痛、头昏、眩晕、乏力。是喜酒喝多了，还是其他原因？经调查，原来是用铅壶装酒的缘故。大家由于喝铅酒而中毒。有人说，生活好比一杯苦酒。而我现在却要说，但愿你在喜庆的日子不要喝毒酒。

此外，很多慢性中毒性疾病常常有其特有症状，体征出现之前，头痛可能是唯一重要的表现。因此，在弄清头痛原因的时候，要注意询问他所从事的工作和生活环境，以及有无接触有害物质。有必要时，要深入现场调查。这样，就能避免主观推断而得出与实际不符的结论来。

常言道："头痛医头，脚痛医脚。"不知这话是褒义还是贬义？实际上许多名医也都是名副其实的头痛医头，医学上叫对症治疗。不过这话还有另一层意义，就是劝喻人们不要被表象蒙住，而要抓住问题的实质。

一位中年人偶尔感到头痛，到医院求治于脑科医生。由于职业的习惯，医生着重检查了神经系统，忽视了最基本的检查——测血压。直到患者几个月后偶然测量血压，才发现他的血压已超出该年龄的正常范围许多。不难看出他的头痛只是高血压的表现。

高血压是一种常见病，通常都伴有不同程度的头痛。主要原因是血压升高，与头部血管舒缩功能有关。一般头痛呈搏动钝痛，多出现在前额或太阳穴两侧。头痛常因血压升高、紧张、疲劳而加重，休息后或服药后可减轻。当然这种患者除头痛外，还有头昏、眩晕、耳鸣、失眠等高血压常见症状。

有些高血压的人不愿长期服用降血压的药物，这不好。常服用降血压的药物，不仅能减轻高血压性头痛，而且有助于改善与预防高血压所引起的心血管功能紊乱。

长期高血压的患者晚期大都有明显的动脉硬化。这些人，如果突然感到头痛剧烈时，要想到脑出血、蛛网膜下腔出血的可能性。脑出血就是颅内血管破裂大量出血。20 世纪 50 年代的苏联领导人斯大林就是因突然脑出血而死亡的。现在脑出血可以采用手术方式治疗了。手术就是开颅把出血的血块清除掉，以免这些血块压迫脑组织造成生命中枢的衰竭。现在许多专科的医院都可以做这样的手术。不过手术要尽早进行，拖延时间可能造成手术失败。在这个问题上，有些家属往往不合作。对于医生手术意见，没有明朗的态度，从而失去了宝贵的抢救时间。有的学者认为高血压在发病六小时内手术效果最佳。希望这篇文章能使大家在遇到上述情况的时候，理解医生迫切进行手术的心理，这也不枉写这篇文章了。你说对吗？

眼、鼻和耳都生长在头面部，它们发生疾病时会引起头痛。

说眼病引起头痛，也许大家有体会。常见的"红眼病"就会引起头痛。青光眼也伴有头痛，其原因是眼内房水循环障碍，导致眼压急剧升高。这种头痛呈持续性，十分剧烈，疼痛部位由眼球逐渐发展至前额。情绪激动或过度疲劳时都会诱发。青光眼属于眼科治疗范畴。有少数慢性青光眼引起的头痛，诊断起来比较困难，即使是临床经验丰富的医生也难以判定。此时，需要持谦虚的态度，请各科大夫会诊方能确诊。

除眼睛外，鼻腔疾病引起头痛的情况也不少。其中鼻窦炎引起的头痛多为深在性钝痛，一般不伴有恶心和呕吐，很少剧烈发作。这种头痛，如果平卧休息或在夜间会减轻。鼻中隔弯曲造成局部充血水肿发炎，也会引起反射性头痛。其痛与鼻窦头痛类似，因此，统称"鼻源性头痛"。此外，鼻咽癌引起的头痛亦十分常见，不少患者是因颅底骨质遭受破坏所致。如果有人头痛，伴有鼻塞、鼻衄、听力减退、耳鸣、颈部淋巴结肿大，应该警惕并及时到五官科检查是否有鼻咽癌的可能。

　　最后谈到耳朵。南方农村常把耳朵流脓称为"流火"，说什么火气流掉就好了。其实不是这样，耳朵流脓是慢性中耳炎。患有慢性中耳炎应及时到医院去治疗，否则发展下去，细菌侵入到附近脑子里，就会产生脑脓肿。脑脓肿是一种非常危险的病，不及时治疗会有丧命的危险。

　　由耳朵流脓引发的脑脓肿称为"耳源脑脓肿"。哪个耳朵流脓，哪侧脑子就会受到感染。中耳炎患者耳朵不流脓了，但却出现了头痛、呕吐或神志不清等情况时，要想到脑脓肿的可能，千万不要大意。要把患者送到有脑专科的医院去。对耳源性脑脓肿，不仅一些患者的家属需要有所了解，一些基层医院的医务人员也要深入学习，否则误人性命。救人一命，胜造七级浮屠。反之，该如何说呢？

　　世界上有三大谜题：宇宙、生命和人脑。人脑不仅自身构造十分精巧复杂，其疾病也是形形色色的。

　　有一种功能性疾病，叫神经衰弱，是一种常见病，尤其青年及脑力劳动者易患。神经衰弱患者以头痛的主诉最多，当然有些人并非真正的头痛，而是感到头部麻木、头皮紧束或头脑不清等。衰弱表现如何，其头痛、失眠、乏力、记忆力减退为共同有之。神经衰弱的发病多半为心理精神方面的原因。如在工作、学习和生活中遇到意外、打击和困难，以致大脑处于高度紧张状态，时间一久便导致大脑机能的紊乱和平衡的失调。神经衰弱的人检查不出神经系统有什么异常情况，少数人进行植物神经的检查才发现偶有异常。

一位神经衰弱的人，如果到医院就医，遇上医生冷若冰霜的面孔，不要说病没治好，反倒有可能病情加重。因为神经衰弱是一种与心理精神有密切关系的疾病，一切外界不良刺激都是不利因素。许多文章都介绍过神经衰弱的治疗，这里我不想赘述。不过，无论是医生，还是患者，有一点是必须遵循的，就是双方都要诚心相待，相互信任。双方都要诚恳把自己的想法告诉对方。医生把检查结果告诉患者，使他放下包袱。患者把自己遭遇的不适告诉医生，由此得到开导和安慰。

神经衰弱引起的头痛，只要精神状态和失眠得到改善，头痛自然好转。因此如何对待失眠问题，非常重要。有人提倡睡觉时数数，结果数一晚上也没有睡着。失眠不严重的人，可在睡前洗个热水澡，然后喝一杯热牛奶，一般这样就能安静入睡。如果失眠严重的话，最好还是服两片安定。

运动锻炼对神经衰弱的人是非常好的良药。各人可据自己的体力选择不同的运动，打太极拳、练气功以及长跑等都是强身健体的方式。不能进行大运动量活动的人，散散步也大有裨益。

头痛的原因真是太复杂了。让人谈起来或听起来，都确实感到"头痛"。

有人问，最危险的原因是什么呢？我会不假思索地回答：颅内高压。什么是颅内高压？可以打一个比方来说明：头颅颅骨像一个相对密闭的"容器"。这个"容器"由于是骨性结构，伸缩很小，里面盛有大脑结构、血液和脑脊液。如果这三者任何一种超过了自己在"容器"中应占的体积，那这个"容器"就呈现压力增高现象，医学上叫颅内高压。

引起颅内高压的原因很多，如外伤引起的颅内出血、脑脊液增多、颅内增生物（包括肿瘤、脑组织水肿）等。颅内高压表现为头痛、呕吐和视乳头水肿，这又叫颅内高压的"三主症"。

颅内高压之所以危险，是因为正常的脑组织受到压迫，产生移位，造成生命中枢的结构变性坏死，可能导致心跳和呼吸停止。所以颅内高压的患者解决颅内压力增高十分重要。要解除颅内的压力，开颅手术是一种积极的措施。

谈起开脑袋，有人对它谈虎色变。但对于一些颅内血肿、颅内肿瘤引起的颅内高压，目前来说，开刀是一种好办法。到今天为止，我国各省级医院几乎都可以进行这种手术。

除上述情况外，脑炎、脑膜炎以及全身性疾病都可能引起颅内高压，当然这些病不需开颅治疗。但不管什么情况，如果头痛剧烈，伴有呕吐，这是危险信号，请速到医院去检查，以免延误治疗时机而终生遗憾。

好，头痛就谈这么多，但愿对您有所帮助。

事大事小，牙疼就是病

人们常说，牙疼不是病，一疼真要命。

可以说，世界上的人，没有哪个没有犯过牙疼的。我的牙齿就发生过好几次问题，有时候真是疼得要命。可是，当我想到口腔科里看牙齿的人实在太多的时候，我内心就有点恐惧了。

最近，我的牙齿又出问题了，左下牙齿第二磨牙疼了起来。根据自己的医学知识，我知道这颗牙不是牙周炎，就是牙根炎了。想到口腔科排队的情况，我想不如自己先处理一下，看看结果如何。一般牙疼，多数为牙周炎与牙根炎，一般是由厌氧细菌引起的。因此，我先服用几天"灭滴灵"吧。"灭滴灵"是妇科用的药，现在用在牙疼上，是由它的药理性质决定的，灭滴灵能消灭厌氧细菌。我服用了三天"灭滴灵"后，牙疼明显些好转，但我这颗牙仍感到一些不适。

那天，我正好有空，就开车去了我原来工作的医院，挂了一个口腔科的号。我到口腔科一看，发现候诊的患者很多。这时，中国人的坏习惯出来了，我想，找一个熟人想想办法吧。我到诊室里转一圈，认识的医生没有上班，其他的医生没有一个认识的。我转身出去，就遇到了我原来科里的护士长。我问她怎么在这里，她告诉我，因为年纪大了，所以离开临床一线，到口腔科来工作。由于多年未见，我们聊了几句。接着我告诉她，自己牙疼来看口腔科医生。她知道了我的牙齿情况后，告诉我，我的牙齿可能要开髓。所谓"开髓"，就是在牙面上打一个孔，通过这个孔把牙根髓腔冲洗引流，以达到消炎作用。然后经过几次冲洗治疗，炎症得到控制后，再把那个孔封死。那么，这个牙齿就变成死髓牙了，但牙齿在功能上是不碍事的。

我进行了一番思想斗争，想着能坚持不开髓尽量不开髓。因为开髓后，隔一周要来清洗一次，起码要经过 2 ~ 3 次清洗，才能把牙封起来，实在太麻烦了。

她把我的意见告诉了一位医生，经商量后，那位医生说，那就先拍一下片看看。这样我便来到口腔科拍片室。在那里，我遇到一个冷漠的医务人员。她很年轻，估计 20 来岁。她从摄影操作房出来，带我到摄影室，用那戴手套的手把一块蓝色长方形方块放在我的牙齿旁，同时示意要我用手按住那块蓝色方块。她一声也没哼，就回到了她的操作房。隔着厚厚的防辐射玻璃向我下达指令，可我一句也听不到。她很不高兴，从操作房来到我跟前，没有哼一声，将方块调整一下，又回到操作房，一副很不满意的表情。照完了牙片，我客气地问她，下一步怎么办。她很不耐烦，随意用手指了指。我领会了她的意思，去找医生。她那简单、冷漠的态度，使我真正感到无可奈何。也许她不喜欢这项简单而又无聊的工作。然而，想要改变工作，要有本事才行。如果这样简单的工作都不认真去做，复杂的工作就更不可能做出成绩来了。

　　拍完片后，那位医生从电脑上看了看拍出来的影像，简单说，要开髓引流治牙。我犹豫片刻，心想，好不容易来一趟医院，医生说要开髓，应该服从医生的意见。我虽然是医生，但是在这个专业上我是患者。那位年轻的医生也不多解释什么，我只好服从他的意见了。我躺在牙床上，他给我的牙齿开了孔，冲洗，然后临时闭起来，告诉我两周后再来复诊。事后回到家，我仍然觉得那颗牙不舒服，真的有点后悔去开髓了。后来，我想既然事已至此，只有顺其自然了。又想，现在社会上为什么看病要找熟人呢？因为熟人在看病的态度上会好一些，解释会多一点，沟通会友善一些。这些都是社会现象，难以改变。所以，我经常告诫自己，自己也在这临床一线工作，要特别注意这些社会现象，无论什么人来找我看病就医，都必须态度友好，多与别人沟通。古言道，医者父母心，自己要在实践工作中做到这一点。

　　后来，我因为出差，错过了两周的预约时间。我的牙齿已经开髓了，必须去进一步处理。出差后回广州的第二天，我就去了口腔科。我到口腔科，发现原来那位医生不上班了。我想，既然来了，只有挂号就诊了。按号就诊，轮到我的诊号，接待我的是一位个头不高的女医生，看样子不到 30 岁，我估计她出来工作就几年时间。我作为一个患者，详细把前面的治疗情况说明了一番。她让我躺到治疗椅上，然后用工具把封闭在我那牙上的孔打开，反复清洗，又用探条反复在牙髓上擦洗，一会儿，又用磨钻扩大牙上孔眼，足足折腾了一个小时。期间，她还把其他预约做牙的患者推脱给别的医生。此时，我内心十分担心，心想这颗牙估计完蛋了。牙齿上的孔眼不断扩大，如果牙齿裂开了，那就再也无法填补了。又折腾了一个小时，她叫来一位男医生帮忙看看。他们交谈几句后，她又在我的牙齿上插上两根通条，然后告诉我千万不要咬动，接着带我到拍片室拍片。她告诉我，我这颗牙齿情况复杂，好像这颗牙齿有三个牙根，上次只开了两个"管道"。所以，她想扩大牙孔，企图把这颗牙齿的每个牙根都打通，可结果最后还是未能如愿。就这样，为了这颗牙齿我来回折腾了整整一下午。

　　隔了一周，按规定时间我再次去了医院口腔科。这次比较幸运，遇到认识的翁主任。然而，找他就诊的人特别多。虽然是老朋友，也必须耐心排队等候。好不容易轮到我了，我尽量详细地把这几次诊治的情况向他说明了。他从电脑中调出我的牙齿片子看了看，让我在牙床躺下，用器械检查了牙齿。然后，他对我说，你这个牙齿比较复杂，今天看病的人实在太多了，没有时间搞定，你星期天早上来，我专门为你做这颗牙齿。我有点不放心，问他，星期天不休息？他说那天他值班，假日没患者，可以专门为我用更多时间来处理这颗牙齿。我怀着感激的心情离开口腔科，心想，医院有些科室门诊的患者也太多了，这种超负荷的工作，会给医生带来一定的疲劳。一个带有疲劳的人，在语言交流中绝不可能会有温柔的语气。毕竟医生也是人，具有人性常有的喜怒哀乐的情感。

星期天上午八点，我准时来到口腔科。因为医院不开诊，口腔科静悄悄的。翁主任让我躺下，他将我牙齿上的孔打开，然后清洗。他又反复看了看拍的牙齿片子。此时，我试探地问他："可不可以就这种情况不做第三个牙根开髓？因为我没有感觉到牙齿痛了，而且也没有感觉其他明显异常。"他听我这么一说，想了想。他说："医生要根据患者的临床症状来决定治疗，不是为治疗而治疗。治疗目的是为了解决患者患病的痛苦，让患者在治疗中获益。"

我支持他的观点。有些外科医生为追求手术做得所谓"漂亮"，冒着患者的生命危险做肿瘤的全切除，而给患者带来功能上的损害，甚至带来死亡的威胁，这种手术对患者来说有什么意义呢？

我们经过协商，他同意不再为我的第三个牙根开髓了。对牙齿开髓进行冲洗后，他停下来告诉我，为了慎重起见，这一次对这颗牙齿进行临时封闭。他告诉我，看看一周内这颗牙齿有没有什么反应。一周后如果没有什么反应，再做永久性封闭。如此，治疗前后用了没几分钟就结束了。我心中真有一点抱怨了，如果上次治疗时，多点时间相互交流一下，采用这种方法，不就能让我少点痛苦吗？一周后，我没有感觉牙齿有什么反应。最后按约好时间去做了永久性封闭，直到现在，这个牙齿治疗后一直处于良好状态。

　　我想，医生是一个掌握某种专业技术的人员。医学在治疗疾病上，必须遵照人体生理的需要原则，不可忽视的是每个患者都是独立的个体，必须遵照不同个体的需要而采取不同治疗方式。我们医生被称为临床医生，我们学习的这个学科叫临床医学。所谓临床，就是要到患者床前。只有到患者床前，才能了解患者，观察患者，治疗患者。否则，就会凭空想象，在不了解患者病情细节的情况下进行治疗，结果往往不理想。细节决定成败，可我们大家往往忽视了细节。

励志的磨难

　　人生有时候会遇到不少磨难，生病产生的磨难，会给人身心巨大的考验。大家常说，有钱没钱不重要，身体健康才是革命的本钱。我是一名医生，从医几十年，应该是专家型的医生。可是，医生也是人，也会得病，也会受到病痛的磨难。我就有这样的经历。

　　现在，腰椎间盘突出症太常见了，而且这种病折磨人的程度，只有患过此病后，才会有深切体会。在以往的十几年的行医过程中，我听到最多的也是患病的朋友向我诉说他的痛苦。那时，因为自己没有什么疾病，就没有体会，也只是从职业角度来倾听。自从我自己患上腰椎间盘突出症后，才真正有了对疾病磨难的体会。

　　大概七年前的国庆节前后，我自己感觉到左下肢有不适的感觉，尤其大腿后部及小腿有一点麻木的感觉。起初，我尚能忍受。当时我想大概是"梨状肌综合征"，因为我腰部没有任何不适。梨状肌在人的大腿臀部，坐骨神经从闭孔处穿出来，刚好梨状肌就在它的上方，因此，梨状肌有时会卡到坐骨神经，引起神经症状，这是当初我个人的认识。因此，我求助于康复技术人员，请他们帮忙推拿按摩一下，企图通过理疗的方法解决不适的问题。按摩了几次后并未见有明显的好转。这时，我想起有一位朋友是骨科医生，他主要是从事脊柱外科的。他在电话里告诉我，梨状肌综合征是很少见的，这是否是腰椎间盘突出引起的症状，最好做一个腰部磁共振检查看看。在他的提醒下，我想了一下，坐骨神经有损害症状，除了梨状肌这个节点，坐骨神经再往上便是腰椎神经，腰椎间盘突出是最常见的原因。当务之急，先赶紧去做腰椎的磁共振检查。果然不出所料，检查发现腰椎第四节和第五节中间的椎间盘突出到椎间孔附近，刚好压住了神经根出口，因此产生了坐骨神经症状。接着，我的骨科朋友专程来看我，他看过磁共振片子后对我说，建议做手术，在局部麻醉状态下用椎间孔镜把突到椎间孔压迫神经的椎间盘切除，解除对神经的压迫。尽管我是神经外科医生，但对他说的病情，我还是很清楚的。我当即答应了他，择日去做手术。我自己也是外科医生，深深知道对突出的椎间盘最好的办法就是解除对神经的压迫，用其他的方法来治疗，有点隔山打牛的感觉，难以见效。

我要去做手术的消息不胫而走，许多人见到我就问几句，还有不少人持反对态度，其理由是手术后会再复发。有人建议牵引按摩。有人告诉我，他也有腰椎间盘突出症，疼痛难忍，后来听人说游泳有帮助，经过半年游泳锻炼，现在基本正常了。事情往往意见越多，就越难拿主意。因为不知道采取哪种方法，所造成的结果是否理想。特别是手术，开弓没有回头箭，经过反复商量和思考，我决定把手术往后推推，先采取牵引按摩、针灸理疗的传统治疗方法试试。

真是屋漏逢雨天，当我腿疼的时候，恰逢徐州矿山医院有一个学术活动，我要去讲课。按理我可因病不去，但那不是我的作风。人不可不敬业，一个人必须有励志的精神，这也是对我的锻炼。小病难不倒我，我坚持要去。我去参加前，先在痛点打了一针封闭，然后在痛点处涂了一些扶他林药膏。到徐州下飞机时，又借了一个轮椅由同事推着我出机场。疼痛减轻一些时，我就自己走路。就这样折腾地把学术活动完成了。学术活动回来后，继续推拿按摩。康复训练中心的兄弟对我还是特别关照的，每次牵引都特别细心。他们主动来帮我推拿按摩，有时也想一些"绝招"来试试疗效。可即便这样，还是疗效不好，我自己也感觉到左大腿无减轻症状的迹象。

不久，那位骨科的朋友来电话，问我的情况，我把情况跟他谈了一下。他的意见是再复查一次腰部的磁共振，从影像学上看看有什么变化。我到影像科做 MR 检查，在检查台上，我的左腿痛得竟不能伸直。在这种无奈的情况下，只有求助于麻醉科，麻醉科医生给我做了短时间的静脉麻醉。我在完全失去知觉的状态下，才完成 MR 的检查。检查的结果大失所望，椎间盘向外突出更严重了。因此，我下决心放弃其他的治疗方法，决定做手术。

手术日期定了下来。骨科朋友建议最好还是到他所在的医院去做手术，因为那里各方面条件都较为熟悉，更为安全。既然这样，我也只有听从他的安排。就这样，我住进了朋友医院的骨科 VIP 病房。其实我不太愿意住 VIP 病房，一来考虑费用昂贵，二来不是什么重病，没有必要那么奢侈。住进 VIP 病房后，我们医院好几个科室的同事都来看我。手术前一天，骨科住院医师按常理来问病历，常规检查，然后抽血，查心电和拍胸部片。手术前，麻醉医生来看我，并告知对我准备实行全麻。当时我有点不接受，因为手术时间不长，且小手术，何必杀鸡用牛刀呢？可是他们反复强调所谓"安全性"。后来，我只好同意了。

　　第二天早上七点，我被送进手术室。作为一位外科医生，我不知进出手术室多少次。但那都是为别人手术，心情自然与这次不同。我怀着有点忐忑、紧张的心情躺在手术台上。一会儿，麻醉医生又来聊了几句，紧接着他们给我从血管中推了静脉麻醉，我便失去了一切意识，在全然不知的情况下，任人"宰割"了。不知过了多久时间，当我醒来的时候，我已躺在病房了。整个手术过程，我丝毫不知。此时，我仍在朦胧中，自己还不能确定手术对我腰椎间盘起的作用有多大。但令我最不舒服的是尿道插的尿管。我从来没有插过尿管，现在我只感到尿道非常不适，除了痛还有点烧灼感。我意识清醒后，自己要求拔除尿管。我在亲人的搀扶下来到厕所，自己用空针抽掉尿管的气囊，然后把它轻轻拉出来。我回到病床上，女儿帮我按摩一下左大腿，她告诉我左腿的肌肉有一些萎缩。其实，我自己也知道这种情况，这是神经受到压迫后营养缺乏造成的。

手术后我恢复得很快。我对这种手术采用全麻又插尿管的方式，颇有看法。虽然全麻，患者完全没有痛苦，但毕竟对身体损伤有些大。如果不全麻，未必要插尿管。即使全麻，在手术较短的情况下，也可不插尿管。手术咬除三颗"绿豆"大的椎间盘组织，仅咬除对神经根的压迫，即所谓"减压"。腰椎间盘大部分仍留在那里。手术后，我感到左腿不再疼痛了，但感觉上的障碍仍然存在，例如肌肉萎缩、小腿发木的感觉障碍仍然存在。后来，许多人告诉我，可以通过游泳锻炼的方法来改善这些症状。

一个月后，我开始到天河体育中心游泳馆游泳，每周至少5次。经过五年不停的努力锻炼，现在逐渐感到左大腿肌力状态正常。我想，游泳运动是让人漂浮在水中的运动，人的脊柱是在不承受任何向下重量压力的情况下，锻炼肌力，协调运动，对恢复背部肌肉有着很大作用。

通过这次疾病的治疗过程，我的人生多了不少感悟。痛苦，有痛，心才真苦。任何人都不可能分担你的痛苦，别人最多只能同情。人生时不时会在痛苦中度过，真是人生苦短。然而，痛苦也是磨练人意志的历程。任何时间的磨练，都是对你心灵的考验。所以，人生经历是宝贵的财富，因为只有经历了才有体会，只有经历了才有经验，只有经历了才可能做到对将来发生的任何事情，敢于面对而不畏惧。

身体健康第一，毋庸置疑。然而，健康也是相对而言，不少人可能会与某些疾病有共存状态。我的一位已经毕业的研究生告诉我，他的腰椎间盘也突出得很厉害。他没有做手术，后来他坚持锻炼，克服痛苦。最后那个节段的椎间盘全部移动出来了，解除了对神经的压迫症状。也许这就是励志的磨难。我经过对自己腰椎间盘突出症的治疗领悟到，痛苦的时候不妨一直告诉自己，这一切都会过去的。只要自己有坚强的意志，就一定能克服困难，而且这也是别人不可能替代的。

植物人①

千姿百态的树木，形形色色的花草，在大地上生根开花结果。而人是有思想意识的高级动物。你可能会认为这是别出心裁吧，世界上哪有植物人呢？

植物人，是指医学上长时间持续性的一种特殊意识障碍状态，有的学者又称为"失外套综合征"或"去皮层状态"。处于植物人状态者表现为睁着眼睛，不会看东西，外界任何事物都不能引起他的注意和反应。他毫无表情，只是躺在床上由他人喂吃喂喝；能排泄，保持着比较原始的植物神经功能。

这种患者犹如一棵植物，有生命而无思想意识及语言思维。像植物一样给以营养，他就能生存；如果缺乏生存的物质供给，他就会像植物一样衰竭而枯死。

这种病多见于重症颅脑损伤之后的患者，一氧化碳中毒、患脑类以及某些脑血管疾病后的患者。

为什么会产生这种综合征呢？人脑是一个由几十亿神经细胞综合而成的异常复杂的器官。然而，粗略划分，可分为大脑

---

① 此文曾刊登在 1982 年 6 月 3 日的《健康报》上。

皮层和皮层下中枢两个主要的部分。前者的功能主要是思维、语言、感觉和运动等；而后者则主司心跳、呼吸等活动。当人脑因严重的损伤、中毒或炎症，使大脑皮层广泛性损伤而失去高级活动的功能时，其皮层下中枢仍可维持生命活动，这样患者即失去"大脑皮层"的控制，而成为"植物人"。

紊乱中的规律①

当你站在望江亭观看滚滚翻腾的庐山云海，当你乘坐客轮极目瞭望波光粼粼的长江，你想到了什么？也许你会禁不住放声歌唱自然的雄伟壮观；也许你会诗兴大发，写下优美动人的篇章。然而，有谁会注意到云海和江水的不规则流动，并想到从这些紊乱现象中找出某些规律呢？

在生活中，紊乱现象随处可见。烟头上一缕青烟袅袅上升，突然变成层层细圈，四处飘散；打开水龙头，自来水落在地上水花四溅，这都是出现了紊乱。我们还可看到，人体内沸腾的血液在血管里不是均匀流动的；记录人思维的脑电波是紊乱的波形。

人类以往对有章可循的事物进行过许多研究，然而，对大自然中紊乱的学问却一无所知。无论是失调，还是干扰；无论在水里，还是在大气中；无论野生动物无节制的繁衍和衰败，或是人类心脏的纤维性颤动，紊乱无时不有，无所不在。

---

① 此文曾刊登在 1986 年 8 月 13 日的《南昌晚报》上。参加全国 13 家晚报第二次科学小品文比赛获二等奖。并被编录于中国青年出版社 1988 年出版的《科学夜谭》一书中。

20世纪80年代，人们逐渐开始对这些普遍的现象进行种种系统研究，紊乱学也就随之而生了。紊乱学提出的问题非常棘手，但正是这些研究大大改变了人们对宇宙的认识，从而开始了解宇宙的来龙去脉。

生物学家对紊乱深感兴趣，他们发现在浩瀚无边的大海里，鱼群可以年复一年地顺利生长繁殖。生物学家用线性方程数学模式来表示这种变化，为了使这个模式更加符合现实，生物学家观察了池塘里的鱼。一开始池塘里只有寥寥几条鱼，不久数量就会增多。如果池塘里的鱼太多，而食物却不够，鱼的数目就会随之减少。但是，不管最初鱼塘里有多少鱼，鱼的数目最终会稳定在一定的范围内。科学家利用电子计算机计算所得的结果，发现这群鱼数量在达到某一点后就可能发生振荡，逐渐固定到两个不同的数目，隔年交替出现。从此，随着有关繁殖盛衰循环变量的进一步变化，振荡的日期可能会变成4年、8年，直到这种群体突然失去一切规律，年复一年发生难以预测的变化。这种格局叫"周期倍增"，是向紊乱过渡的基本类型。

写到这里，不禁让人回想起牛顿的物理革命，它使人们掌握了一种物质的活动规律，从而了解千百万个同类物体共同的活动规律。

紊乱学也是如此。它将给人们带来科学上希望的曙光，从紊乱中找到新的方法来预测天气预报和地震，用新的观点设计光学计算机，用新的看法来阐明经济趋势和心脏心理学。

熊伯伯的冬眠

冰天雪地，整个大地银装素裹。太阳像盏大红灯笼，挂在空中，给银装世界增添一丝丝的红光。小猕猴们不畏严寒，仍在山冈旁玩耍，欢笑声把山洞中的熊伯伯从梦中唤醒了。

"熊伯伯，冬天一到，你整天在山洞里睡觉。今天出太阳了，出来玩玩吧！"小猕猴跳到山洞旁，嬉笑着说。

"傻孩子，这叫冬眠。这是我们熊的本领之一。"熊伯伯打开惺忪的睡眼，慢条斯理地回答。

"冬眠？嘻嘻，真新鲜。"小猕猴从一块石头上跳到另一块石头，笑着说："熊伯伯为啥要冬眠呀？"

"冬天，天冷雪大，道又不好走，很难找到食物吃。所以要冬眠。"

"你三四个月不吃东西，不会饿死吗？"小猕猴奇怪地问。

熊伯伯在洞边挪动了一下身子，睁眼看了下天空中的太阳，接着说："不会的，我们在秋天就已经做好准备了。平时我们只要吃 8 000 大卡热量，就能维持生命。到了秋天，我们就必须获得两万大卡热量。因此，每天要花 20 个小时觅食，才能填饱肚子。这样，把大部分食物合成超高级蛋白质，留到漫长的冬眠中来消耗。"

小猕猴有个习惯，就是爱打破砂锅问到底。小猕猴接着又问："你在洞里睡上几个月，连尿也不拉吗？"

熊伯伯听了，笑了起来。小猕猴也不禁跟着笑起来。

"你们真会动脑筋，连这个问题都想到了。"熊伯伯停止笑，继续说："我们身体内有特殊功能，在冬眠状态下新陈代谢仅产生少量的几点尿液。而这几滴又能重新吸收回到血液中去。所以冬眠时，我们是不解小便的。"

"那也不喝水吧？"

"不喝，不喝。我们体内新陈代谢，可以通过脂肪进行物质分解。这样分解出来的水分，恰好跟机体蒸发所需要的水分相等。所以，我们不需要喝水。"熊伯伯说完后，有点无精打采，想睡觉的样子。

小猕猴没注意到这种情况，还要问："熊伯伯，其他动物也冬眠吗？"

"嗯，青蛙、蝙蝠、刺猬、蛇……许多动物都要冬眠的，只不过冬眠的方式不同罢了。"熊伯伯慢条斯理地说着，渐渐闭上眼睛，打起瞌睡继续冬眠了。

两只小猕猴看见熊伯伯睡着了，相互会意地笑了，他们悄悄地离开了山洞。

在回家的路上，他们俩又议论开了。

"熊伯伯冬眠时，可以从睡梦中唤醒，恢复常态，又可以由常态继续进入冬眠。这真是特殊的本领呀。"

"可不是嘛！要是把他冬眠时体内的变化揭示出来，那一定很有用处的。"

"听说人类最近在研究冬眠，用这种冬眠来治疗一些疑难杂症，像慢性肾炎、肥胖症、失眠症以及营养不良等。"

"我听说人类研究冬眠，是用来在宇宙飞行中度过漫长的时间，减少航天人需要新陈代谢的问题。"

"是吗？到那个时候，我们也可以乘坐航天飞机，从地球出发，在飞机里冬眠，到另一个星球上再醒过来。那该多有趣呀！"

两个小猕猴边聊边笑，不一会儿便到了家门口。

模糊语言在医学科普创作中的应用

　　科普工作的种类很多，它通过各种形式把科学技术传授给人们，使大家听得明白，并增长知识，或者学会如何去应用科学技术。科普创作是一个科学普及中的创作活动。在进行科普创作时，就涉及如何用语言去表达的问题，要保证所叙述的问题的科学性，又要使作品通俗易懂、引人兴趣，也就是通常所说的作品的思想性、科学性、通俗性和趣味性。因此，这也是每一个科普创作者所遇到的关键问题之一。

　　下面就来谈谈医学科普创作中模糊语言的应用问题。

一、模糊语言的概念

　　我们当医生的人，有这样的亲身体会。一个患者来了，首先要询问他的病史，进行体格检查，然后通过检验等辅助检查，对这个患者的疾病作出初步诊断。最后，患者需要手术了，此时，为了取得家属的支持和配合，必须与家属进行一次谈话。谈话时，医生向一位不懂医学的家属，谈到许多涉及医学的问题。要说明这些问题，可能就是一种科学普及的例子。

举一个胃癌患者手术的例子。医生说："胃像一个'大鱼钩'。在钩的下部，靠小弯的地方有个像小火山口的东西，有可能是'肿瘤'。现在需要把胃的大部分，包括像小火山口的东西一起切掉。然后把胃下面的一段小肠，横过来接上去替代胃。"像这样的谈话中，"胃像个大鱼钩""胃下面的小肠""小火山口"等，给非医学专业的人们一些初步模糊的概念，使他们了解一些医学上的名词、概念和技术操作。这些语言的表达就属于医学科普创作中的模糊语言。

模糊语言不但在科学普及中会应用到，在我们日常生活和医疗实践工作中也会常常使用。像谈到儿童缺钙的"方颅""鸡胸"，像人们常说恶性肿瘤细胞的生长像几何级数一样快、大脑有100多亿个神经细胞、胃的消化功能、血液运输营养等，都是把主要的特征、功能和结构粗略地告诉人家。所以，模糊语言的概念，就是粗线条地把某些科学技术的概念、性能、结构以及功能，甚至发明创作中的过程，通俗地告诉人们，使不同职业、不同文化程度的人们有所了解，以达到宣传、普及科学技术的目的。数学本身是一门逻辑性很强的科学，但是在数学领域中有一个分支叫模糊数学，这跟科普创作中的模糊语言是不是有一点异曲同工之妙？

二、模糊语言的模糊程度

随着科学技术发展的日新月异，各个科学分支逐渐向细微纵深发展。很多新的学科的出现，边缘学科的产生，使得许多在同一学科中的科学工作者，对于那些细小分支的现代科学理论以及技术也不太熟悉。那么，对于广大的非科技人员，由于职业不同、基础知识的差异，遇到这些新的科学内容，更是一筹莫展。因此，模糊语言在科学普及中的应用，显得非常重要。一位神经外科医生对学生们讲述他的研究。他通过显微外科技术，用颞浅动脉与大脑中动脉吻合治疗脑缺血性疾病，这叫作颅内—外血管吻合，俗话称搭桥术。颅内—外血管吻合，在人们印象中是个模糊的概念。这对有医学知识的学生来说，可以理解；对其他职业的人来说，却未必清楚。如果将搭桥术解释为搭桥引水，解决缺血，尽管更为模糊，但很可能会让群众明白。所以，我的朋友写了一篇科普小品文——《人体内的桥》，介绍了冠状动脉搭桥、脑血管搭桥的相关知识。你如果告诉人家，人的大脑由100多亿个细胞组成，那么，给人模糊的概念，不是几十亿，而是100亿到200亿之间；你如果告诉人家，是由140多亿个神经细胞组成，那么模糊的程度就是140亿到150亿之间。

再例如，谈到血液的功能是运输氧、养料和废物。详细一点讲就是，血液中红细胞运载着氧、营养和二氧化碳。再详细一点讲就是，血液从心脏向组织器官运输氧和营养，从组织器官带回二氧化碳和废物，通过肺和肾排出体外。在总的原则前提下，根据普及的对象不同，所使用的模糊语言的程度也不同。事实也如此，各种不同的报纸杂志都有自己不同的读者群。这些读者群，也就是该杂志的普及对象。因此，在撰写该杂志的科普文章时，使用模糊语言要充分考虑读者群的接受程度。

三、模糊语言的科学性

科学性是科普创作中的生命线。一篇科普作品缺乏科学性，或者是伪科学，就会误人子弟，就会丧失它对社会所起的作用，在社会上就没有立足之地了。科普作品中使用的模糊语言，要在其科学准确性的允许范围内，保障科普作品的科学性，这是一个最基本的要素。

如果你说血液具有内分泌功能，那就不准确了。至少现在科学上还没完全证实。要发现内分泌功能，探索这个问题，就得另当别论了。

1984 年全国晚报科学小品文征文，我写了一篇《气球治病》。记得许多人来问我，一些非医学专业的人说没听过气球可以治病；一些同行也问我，是不是用微型气球放上去堵塞血管的漏口。我想是不是模糊语言缺乏科学性？后来才知道，前者是看题没有看文章内容。我写这篇文章是想从新的角度出发，用人们常见的东西来解释不常见的东西，既通俗易懂，又吸引眼球，作为一种信息传递给大家其目的是让读者了解这样的新医疗技术。气球有两个性质：一是它有扩张能力；二是它有漂浮能力。气球治病就是利用这两种性质。

因此，模糊语言的科学性是在科学总体原则下，根据不同对象，讲述语言模糊程度上的差异。如果不是这样就不能保证科普创作的科学性。

要使用模糊语言，有几点需要强调：第一，作者自己必须对讲述的概念要明确。如果你对这个医学概念都不明确，那么你也不可能使用模糊语言来告诉别人。否则，自己迷迷糊糊说不清楚，将影响叙述问题的科学性。第二，要从科学本身出发，使用模糊语言，想当然的、道听途说的东西都不能使用。第三，准确的数字不能模糊。第四，要全面了解你所说的知识，弄懂了再考虑模糊语言的应用。断章取义也会失去表达的科学性。

四、模糊语言的趣味性

一篇科普文，一本科普书，不可能强迫别人去读。科普作品可以通过文章的题目，先把读者吸引进来。然后，再借由文章的内容去打动人心，使人读后受益。

在科普文中应用模糊语言的主要目的是使文章通俗易懂，把枯燥的学术问题变成生动活泼的文章，增加作品的趣味性。"鸡胸"是说胸骨向前隆起产生的畸形胸部，常见于小儿佝偻病患者。这种改变就类似鸡的胸部，前后经长过横经，向前突出。用鸡的胸脯来描述患佝偻病的孩子的胸部，便于人们想象和理解。

　　我在《健康报》上曾发表过一篇《植物人》，也是一个模糊语言的题目。植物是有生命但是没有思想意识的，而人类的生命是有思想意识的。植物人就是处于有生命但是没有意识的状态，这就叫作植物人。

　　要想模糊语言应用得更丰富、更有趣味性，通常有以下几种方法；

　　一是比喻。恰当的比喻，妙趣横生。有人描写患佝偻病的儿童，颅骨软化像"乒乓球"。这种比喻很生动，既能说明颅骨软又能表示颅骨薄。又例如像面部的"魔鬼三角"，比喻面部疖肿的危险性，趣味性很强也引人注意。

　　二是形象化。一般文学创作更强调形象，应用模糊语言能够使科普作品更形象，趣味性也会更强。像"五十肩""网球肘"，都是比较形象的说法，前者从发病年龄来说，后者从发病部位来考虑。

　　三是夸张。在保障所使用的模糊语言具有科学性的前提下，适当的夸张是允许的。比如，缺钙所引起的头颅，有人叫"方颅"，就比较夸张地说头颅是方形的，但不是所说的四方形那种。

　　当然，也有几种方法综合在一起的情况。比如有人把晶状体的蛋白质变性浑浊，比喻好像水晶石变成汉白玉一样，叫白内障。

五、使用模糊语言的体会

其一，是不是科普作品中都要使用模糊语言呢？不一定。像许多叙述性的文章，不要模糊。特别是向人们直接提供治疗知识的文章，不能模棱两可。

从群众的角度出发，医学科普创作可分为三大类：第一类是属于知识性的。像新技术、新手术的介绍，人体内的奥秘、细胞、基因以及许多理论，群众只需要了解这方面的知识，知道这方面的情况就行了。第二类是属于预防性的。像疾病的预防、卫生的宣传、健康长寿以及生活中的医学卫生，这方面的事情需要群众关注。第三类是属于实用性的。像验方、治疗方法的介绍，保健治疗以及生活中可行的医疗操作等，这些宣传的知识都要群众自己动手参与的。因此，针对上述三类医学科普创作模糊语言一般少用或不用。

其二，科普作品本身写得不清楚，是不是就是模糊语言的结果呢？不对。恰恰相反，使用模糊语言的目的是为了让群众看得懂、听得明白。如果你的作品别人看不懂，那说明作品缺乏通俗性、条理性，说明你不会使用模糊语言，或者缺乏写作的能力。

其三，采用文学形式的科普作品，像童话、寓言、科学小说，可能会更多地使用模糊语言。通常来说，科普作品的题目大多使用模糊语言。用比喻、形象和夸张的模糊语言写就的题目会更醒目，引人兴趣，吸引读者，效果更好。

其四，要使用好科普创作的模糊语言，就要向群众学习。大众化的语言，就是科普创作中最好的模糊语言。同时，要发现科学本身的内在美。用科学的内在美，与大众化语言结合，就能产生既有科学性，又具有通俗性的模糊语言。

语言是一个民族在千百万年的历史进程中发展而来的，具有高深莫测的学问。模糊语言可以说是科学技术发展到今天，人类为获得更多新的科学技术知识，以及不同行业相互交流的需要。如何阐述科学普及中模糊语言的概念、性质及应用，好像在科学普及创作中谈到的不多，本文不过是抛砖引玉罢了。

从吃谈到营养

世界上第一位将食物煮熟来吃的人，恐怕是在几千年前了。至今无法弄清他是谁，否则，论理也应该获得类似"诺贝尔奖"这样的全球性荣誉了。因为这的确是人类饮食史上的巨大进步。

第一次吃熟食可能是在偶然的机会下。森林大火或火山爆发的熔岩之热把野生动物烧死，当人类尝到熟食要比生食味道鲜美得多的时候，就会继续寻找这样的机会。然而人类在学会如何产生和控制火之前，吃熟食只好顺其自然了。

时代变迁，沧海桑田，如今人类都以熟食为主。尽管如此，人们仍有生吃食物的习惯。不过如今的生食，跟远古时期的生食相比有着本质上的区别，不仅色香味俱全，而且有益健康。

我在西北地区工作期间，亲眼见过当地人吃生肉。当然，这是当地人的生活习惯。但从医学观点出发，绝不提倡吃生肉，因为这种吃法最易患寄生虫病。从营养角度来看，人体吸收熟蛋白质要比生蛋白质容易得多。我们有一些人喜欢生吃鸡刚下的蛋，并形成习惯，认为这东西带补。实际相反，生吃鸡蛋并不利于健康，而且是营养的一种浪费。

世界上食物短缺问题要比能源危机严重得多。在非洲、拉丁美洲以及亚洲部分地区，还有不少的人为解决饥饿而奋斗，营养对这些地区的人们来说是一种奢侈想法。人类必须在饱食的前提下才能谈营养的需求。饥饿本身就是营养不良的代名词，人们不会忘记哥斯达黎加发生的儿童恶性营养不良事件。那个地区食物短缺，人们以玉米和蚕豆为主食充饥，一岁以内的孩子从未尝到过水果或果汁的滋味。

世界上没有哪种食物能满足人体的一切需要，因为食物在成分上各不相同。有六种称之为营养的基本物质：碳水化合物、脂肪、蛋白质、矿物质、维生素和水。人们不会忘记缺乏维生素 C 会引起坏血病，也都知道缺乏维生素 D 和钙对儿童生长的不良影响。近年来，微量元素对人体的作用引起大家普遍关注，缺锌综合征对儿童发育的影响及锌对人体发育的重要性使家长日益重视对孩子锌元素的补给。此外，喂养不当同样是引起营养不良的一大因素。

营养素对一些人，特别缺乏某种营养素的人来说是有益的，而对一些人来说也许有害。这是营养学的辩证观。在美国与欧洲的富人区，心脏病是人们主要的死因，而中美洲穷人却大多不知心脏病发作是怎么回事。科学家们把将近 1 000 具危地马拉人的尸体血管与 1 000 具美国人的尸体血管进行比较，发现美国人的血管要比危地马拉人硬化得早 20 至 30 年。

圆白菜

圆白菜，我们老家叫包心菜。前者是从它的外形来描述的，每颗菜都是圆圆的。而称它为包心菜，是从它的内部结构来形容的，一层一层菜叶把菜心包起来，由中心向外扩展，中心的菜自然非常细嫩。当然，吃的时候，将外层较老的菜叶除掉，纵行切开，可切成细丝炒菜。还有一种比较出名的圆白菜做法，叫"手撕包菜"，把圆白菜用手撕开成小块，用糖醋调味炒出香味来，这种做法很受大众的喜爱。为什么用手撕的菜，炒出来的味道更胜一筹呢？我想是不是用手撕，更为自然一些，自然味道更好一些。世界上万事万物顺其自然，都会更好一些。以上所言，仅一孔之见。

我不是烹饪家，也不是美食家。在这里谈圆白菜，是因为个人生活经历有感而发。几十年前，我们到西藏工作。西藏是高寒地区，当时那年代生活条件相对艰苦，在高寒地区生长比较好的蔬菜有萝卜和圆白菜。与拉萨同一纬度的城市成都、上海则不同，什么蔬菜都有。按地球的纬度，这一带属温带气候。然而，由于喜马拉雅山脉挡住了印度洋吹来的暖湿气流，平均海拔 4 000 米以上的西藏高原更成了高寒地区，呈现高原草甸带的景象。而喜马拉雅山脉南麓，像尼泊尔、不丹，则气候温和湿润，生长着各种各样的植物。

拉萨是有名的日光城，光照是成都的两倍多。一天 24 小时温差比较大，中午太阳强烈，温度可达十几度，而夜间温度则下降到零下十几度。像圆白菜这样的蔬菜，在阳光强烈、温差大的环境，都生长得特别好。白天阳光充足，温度高，它尽情生长；到晚上，温度低，圆白菜收缩，包得更紧，如此一驰一紧地生长成大个圆圆的白菜。适宜在西藏高原生长的蔬菜，还有萝卜，这也是受温差的影响。

外界环境对事物的影响，取决于事物内部因素，内部因素往往起着决定性作用。西藏高原气候适合圆白菜的生长，换别的蔬菜那就不同了。例如小白菜，在西藏高原高寒地区很难种活，在外面会冻死，除非在温室大棚里才能生存。世界上任何事物都有自己生存发展的环境与条件。人也如此，有的人有艺术天赋，得到一定培养才能成为艺术家，而让那些弄数学逻辑的人成为艺术家是困难的。

话又说回来，那年代西藏生活条件比较艰苦，萝卜、圆白菜自然成为我们生活中主要的蔬菜。一日三餐，餐餐圆白菜，吃得我们一闻到圆白菜的味道，就有恶心的感觉。当时，我在心里发誓要调回内地，一辈子再也不吃这个难吃的圆白菜了，因为实在吃得太多了。

岁月流金，时过境迁。现代生活发生了翻天覆地的变化，琳琅满目的食品，应接不暇。如今在餐桌上已经不知道吃什么好了。现在的观点，不是考虑有没有吃过山珍海味的问题，而是吃什么更健康。健康饮食是如今老龄化社会人们一致追求的话题。圆白菜，这个对我而言熟悉的名词又跃然眼前。

　　一个人要想长寿，要想健康，就人体器官来说，最重要的是让身体血管经久耐用。要想自己的血管状态良好，必须经常对自己的血管进行清理，清理那些容易在血管内形成的斑块。因为这些斑块脱落，随血液流动会堵塞我们的脑血管，引起脑梗塞。圆白菜含有丰富的膳食纤维，含有胡萝卜素，可降胆固醇，帮助血压更加稳定，防止动脉粥样硬化。更重要的是圆白菜被誉为"血栓斑块清道夫"，据说其在世界卫生组织推荐的最佳食品中排名第三。对我来说有意思的是，以前不愿吃的东西，现在为了健康又吃起来了。当然，与以前不同的是现在菜式众多，圆白菜辅助着吃也别有风味。健康的概念是均衡饮食，每样食物只有长期食用才能影响身体代谢。而体内起决定性因素的则是自己的新陈代谢机制。因此，世界上一切事物，外因对其影响有限，关键取决于事物内部机制。认识这一点非常重要。

闲谈酥油茶

中国是茶的故乡。说起茶，许多人津津乐道。喝茶的人，满肚子的故事。中国的茶，从颜色上分，有绿茶、红茶、白茶、黑茶和青茶。从制作过程来分，有全发酵的、半发酵的和不发酵的。千年文明古国，有着源远流长的茶文化，多少文人骚客写下情感丰富的关于茶的篇章。

然而，酥油茶大多数人都没喝过。说起酥油茶，大家马上想起西藏，酥油茶是西藏藏族人民经常饮用的茶。人们又要问，酥油茶是不是茶呢？回答是肯定的。酥油茶是经特殊加工制作而成的茶饮品，就像英国人喜欢喝的奶茶，用红茶加奶一样。现在许多人都喜欢去西藏旅游，去浏览高原雪山的大美风光，去看一看藏族的风土人情，但恐怕很多人都是走马观花，未必个个都尝过酥油茶。在这里，我把酥油茶给大家做一个介绍，聊聊酥油茶。

酥油茶简单地说就是茶水加酥油。先说茶水。酥油茶用的茶叶是普洱茶中的一种——砖茶。普洱茶产于云南，分为生茶和熟茶。熟茶是全发酵的黑茶，它有三种——沱茶、饼茶和砖茶。沱茶是用春天采摘的茶叶制作成的，饼茶是用秋天采摘的茶叶制作成的，砖茶是用夏天采摘的茶叶制作成的。沱茶质量较为上乘，饼茶量大，市场广阔，砖茶则是专供少数民族地区人们饮用的。古代，山间铃响马帮来，马帮走茶马古道，从云南到西藏，把砖茶送到西藏。藏民平时煮开水时，会把一大块砖茶放入水中，同时也会放一点盐进去，这样煮出的茶水，叫清茶。因此，清茶是浓浓的咸茶水。记得许多年前，有一次我们夜行山路，车停靠在村庄时向村民要水喝，村民倒了一碗清茶给我们，喝完才知道咸味。

有了清茶后，藏民要想喝酥油茶，就要进行制作。制作酥油茶要有一个打茶桶，一般藏民家都备有。打茶桶形状像长圆柱，在我的印象中，桶高不到一米，粗十来厘米。桶中有一根带头棒，棒比桶要长二三十厘米。整个桶密封不能漏水，一般外面有四个金属圈固定。更有意思的是这个桶上下连了一根粗背带，可以背起来，像架重机枪。桶上方还有一个盖，这个盖中间有孔，棒从中通过。制作酥油茶时，先把煮好了的热清茶水倒进打茶桶内，然后，藏民打开羊皮袋，用手从里面挖一块酥油放进桶内，把盖子盖住，脚踩住背带绳，左手扶住桶，右手握住那根棒，接着上下抽动，让热的清茶水与酥油均匀混合。这样一系列的动作叫"打酥油茶"。据说打酥油茶过程中的每个细节都会影响酥油茶的口感。打好后的酥油茶会倒入一个金属壶，放在火边煨着。如果来了客人，就用小碗倒给客人喝。酥油茶是一种油与水交融的乳剂，所以，酥油茶都要趁热喝，凉了的话，酥油会结块。喝酥油茶时，要轻轻吹开水面的油再喝，否则会烫嘴。西藏是高原地区，即使在夏天，屋内的温度也很低，藏民习惯喝这样热的酥油茶。

有人问酥油是什么样的东西？酥油是从牛奶中提炼出来，经过发酵而成的一种乳制品，类似黄油。它含有大量的蛋白质、氨基酸和脂肪。藏民每天必须喝酥油茶，一来是生活习惯，二来是营养的需要。藏民有时候也喜欢把酥油当护肤品擦在脸上，以防强烈的紫外线照射。大家知道，西藏在中华人民共和国成立前是农奴社会，处于封闭状态，交通极不发达，生活条件艰苦，尤其藏北草原物资更加匮乏。他们的生活除了吃些牛羊肉、抓糌粑外，就是喝酥油茶。即使是抓糌粑，也是用酥油茶来调拌的。糌粑是西藏藏民的主食，它是青稞麦粒炒熟后磨成的面粉，闻起来很香。要吃的时候，把糌粑从面粉袋倒入碗里。接着在面粉中倒一点酥油茶，酥油茶不宜多，先用手指把糌粑面粉调拌一下成泥状，然后左手转碗，右手把碗中的泥状糌粑面粉捏成团，就可以吃了。从藏民的日常生活中，不难看出酥油茶是多么重要。从营养价值来看，他们从酥油茶中可以获取盐之类的电解质、蛋白质、氨基酸和脂肪，满足身体的需要。

现在西藏的生活发生了翻天覆地的变化，海、陆、空的交通十分发达，物资非常丰富。但藏民喝酥油茶的习惯仍然保持着。事物存在就是它的需要所在，藏民已经喜欢上了那种咸的口味，喜欢那种酥油的香气，喜欢那种使身体能耐寒、抗缺氧的酥油茶。千百年历史形成的习惯，是难以改变的。而且为什么要去改变呢？自己的生活自己安排，自己喜欢就是一种幸福。

第二编　滴水忆事

出淤泥而不染，
是由自身决定的

江河之辩闲话多

有一天，一个小朋友问我："江与河这两个字在含义上，有什么不同？"

我被问住了，想了一下，马上就想到小河淌水。我不假思索地说："应该是水量小的叫河，水量大的叫江。"片刻后，小朋友又问我："黄河够大了吧？怎么也叫河呢？"

是呀！黄河这么一条大河，怎么没有叫江？我摸摸头想了想，这是习以为常，一个以前想也没想过的问题。思索了片刻，我是思维比较敏捷的人，脑海中马上把中国地图搜了一遍。灵机一动，对他说："一般来说，中国南方的河流，称为江。例如有长江、珠江、赣江、湘江，还有雅鲁藏布江。"我又想了一下，说："北方的河流，叫河。例如黄河、淮河、海河、永定河等。"小朋友听了后，想了想，又问我："东北有条叫松花江啊，怎么到东北又叫江了呢？"

是啊！我听了也觉得有点奇怪。南方大部分的河流都叫江，好像有一点点规律可循，可是偏偏东北又有条叫松花江啊！有个别的情况不同。我想了一想，解释道："反正，江也好，河也好，都是有水流的，都叫江或叫河，都差不多。"可

70

是那位小朋友也不甘示弱地说:"有水流的地方,那海的水也流动呀。"我不耐烦地回答:"那有本质的不同,海水是咸的。"

想想小朋友问我这些问题,深究起来还真有点难度。回到家里,我先找一本大词典,在词典中找出有关江、河二字的解释来。词典中"江"是这样解释的:"大河,像金沙江、长江。"词典中"河"是这样解释的:"天然的或人工的大水道:大河、河流、内河、运河。"哎呀,看样子,还是有一点区别。我想这个问题也反映了中国文字的丰富。细微的差别,在应用上就不同了。最出名的一句"一江春水向东流",如果改为"一河春水向东流",那就有一点别扭。这里"一江春水"应该是指长江。

北方的黄河,南方的长江,也概括了江、河二字在中华民族这块土地上所表现的属性。有人说,黄河是中华民族的母亲河;又有人说,长江是中华民族的母亲河。依我拙见,从这两条河流的本身属性来看,黄河更像中华民族的父亲性格,是父亲河;而长江则像中华民族的母亲一般温柔,是母亲河。

谈起黄河,我想起唐代浪漫主义诗人李白的诗句:"君不见,黄河之水天上来,奔流到海不复回。"谈起黄河,我想起刘禹锡的《浪淘沙》:"九曲黄河万里沙,浪淘风簸自天涯。"谈起黄河,我想起冼星海的《黄河大合唱》:"黄河在咆哮!"这些流芳百世的诗句,这些震撼人心的歌声,显示了黄河磅礴的气势和性格。

说到长江，我也想起唐代现实主义诗人杜甫《登高》中的诗句："无边落木萧萧下，不尽长江滚滚来。"诗人李白的诗句："孤帆远影碧空尽，唯见长江天际流。"然而，最能让我深思的是一首长江之歌："滚滚长江东逝水，浪花淘尽英雄，是非成败转头空。青山依旧在，几度夕阳红。"这真是人生的哲学所在。

无论江也好，河也罢，都是人类赖以生存的东西——水。水、土壤和空气，这是世界上生命存在的最基本条件，离开它们，一切生命都不复存在。

以上真是，闲情逸致写杂文，悠悠聊谈度人生。书到用时方知少，江河之辩闲话多。

读书笔记：自寻烦恼的一件事

时间过得真快，几年前，我的同事从网上购买了一套丛书，他借给我看，其中一本书是《罗伯特议事规则》。我读完后，深有感触，这是我平生第一次听说"罗伯特议事规则"。这是一个关于如何开会的程序，我认为此事与我应该没有什么关系。

无独有偶，后来他又给我一本书，书名叫"可操作的民主——罗伯特议事规则下乡全记录"。我前前后后翻读了几遍，书中有一位叫袁天鹏的人，在中国农村推行罗伯特议事规则。我觉得事情并非这么简单，民主是抽象的，不仅只是在议事上体现。我与那位同事谈起罗伯特议事规则，最近，他又从微信中给我转发了一条信息，题目是《不质疑动机，不人身攻击，我们需要罗伯特议事规则》。看完这些之后，我又读了《可操作的民主——罗伯特议事规则下乡全记录》那本书。我不知道为什么，内心总有一种向别人推荐罗伯特议事规则的冲动。但每次在谈到罗伯特议事规则这件事之前，我总是先问人家知不知道罗伯特议事规则。可十有八九的人都不知道。这就奇怪了。一定有什么原因在里面。

《罗伯特议事规则》，想了解它全文，就去查阅一下文献吧。下面摘两段需要强调了解的话。

"19 世纪 60 年代南北战争期间，26 岁的联邦军工程兵亨利·马丁·罗伯特，被派遣到华盛顿协防。在一次'军民共建'会上，作为主持者的罗伯特表现得一塌糊涂。但这位西点毕业生不甘心认输，于是决心研究如何开会，这一研究就是十几年。经过 13 年的学习、摸索、实践，罗伯特将他的开会规则结集成书——1876 年《罗伯特议事规则》出版。"

"《罗伯特议事规则》的意义在于：基于不同想法、不同身份、学识、年龄、脾性、国籍和文化背景的一群人，在罗伯特议事规则指引下，能帮助大家公平、有序、高效地讨论共同待解决的议题，并最终形成可操作的'动议'。"

下面是我的读书笔记。

一、《罗伯特议事规则》在西方已经应用了很长时间。罗伯特逝世于 1923 年。此后，他的后人和当初参与编写书的人继续修订这本议事规则，1943 年出了第五版，1970 年出了第七版，最新的第九版出版于 1990 年。至 2000 年已累计销售 500 万册。2017 年，我们买到的已是第十一版。

二、《罗伯特议事规则》在西方应用广泛。绝大部分国家议会都在使用《罗伯特议事规则》。上至联合国大会，下至学校班会，乃至企业、NGO，常会在本机构的议事规则中看到

"未尽事宜，以《罗伯特议事规则》为准"。可以说，《罗伯特议事规则》已成为一本不可或缺的日常工具书。

三、在中国，孙中山最早推荐并大力推崇《罗伯特议事规则》。民国六年（1917年）孙中山先生翻译《罗伯特议事规则》并命名为《会议通则》，后改编成《民权初步》。《民权初步》是《建国方略》三大组成部分之一，与《孙文学说》《实业计划》并列。

四、在共产国际的指导下，中国共产党召开的第一次全国代表大会，在会议程序上有类似的议事规则。

五、2008年袁天鹏翻译并出版《罗伯特议事规则》第十版，在中国农村推行罗伯特议事规则，并在中国农村基层中操作罗伯特议事规则。袁天鹏等人是罗伯特议事规则在中国真正的践行者。

六、罗伯特议事规则中，主持人只是主持，其责任是制止成员发言跑题、质疑动机、人身攻击及发言超时。被限制的权利才有可能公正。

七、会议审议的是某事。利己性是人类共有的本性，在不侵害他人和社会利益的前提下，追求利益最大化并不为过。议事规则可能能够维护少数人的权益。

八、罗伯特议事规则造就新国民的提法欠全面。我认为国民素质有赖于经济的改善、文化的提高和文明的培养。"专门对事、绝不对人"无疑是正确处理问题的基本角度，也是有效思维的方法。

九、罗伯特议事规则在中国需要让更多人知道，让更多人了解，尤其是那些高层。否则，无人去推广与操作。

我国会议极多，议事的会最后也是由权威部门拍板。要改变议事规则，要权威者认识与推广罗伯特议事规则，并非易事，千百年的习惯是最可怕的。

以上是我的读书笔记。我们国家的社会主义核心价值观有提出自由、平等、公正、法制的观点。罗伯特议事规则作为会议的程序，对于改变我们的固有思维，推行民主是有好处的。

我喝咖啡的故事

我喝咖啡有些年头了。我记不起来是哪年开始喝咖啡的。因为那不是一件什么重要的事情。最初为什么喝咖啡，怎么喝上咖啡的，至今我一点印象都没有。我想至少要在大学毕业后，才有可能喝咖啡。从小学到大学，我家里很穷，不要说喝咖啡，茶也很少喝，甚至可能连咖啡的名字都没有听过。那是什么年代呀！大学毕业后我又被分配去了西藏，那里只有酥油茶。1975 年我才回到母校江西医学院。我想至少 20 世纪 80 年代后期我才有可能会去喝咖啡。

如果要说喝咖啡，可能最初喝的时候，是开学术会议时，别人喝咖啡，顺便给我带一杯，我不失礼节跟着别人一起喝。那时喝得最多的是雀巢咖啡，即雀巢三合一的那种味道。当时雀巢咖啡比较早在中国市场推广，大多数人都是喝它。随着时间的推移，有一段时间，我喝茶比较多一些，咖啡一般都是参加活动的时候才喝喝。

20 世纪 90 年代初，我有机会去澳大利亚当访问学者。在墨尔本大学皇家墨尔本医院手术室里，医院有免费的咖啡与牛奶面包供应。因此，每次要到手术室去，必定要喝上一杯咖啡，甚至喝上几杯咖啡。我想大多数人贪图便宜的心思，是与生俱来的。喝着免费的咖啡，心里是很开心的，用不着花钱，随心所欲地喝。渐渐地我开始有一点喜欢喝咖啡了。

在澳大利亚待的时间比较长，每逢周末，休息两天，我有两个地方会经常去。一个是教堂，以前我很少接触。在国外的日子，比较孤独，常常与同学们一起，实在闲着无聊，星期天有时间会去教堂看看，参加教堂活动。也有不少当地华侨华人教堂的人会主动找我们，邀请我们参加他们的活动。教堂礼拜结束后，一般来说大家可以在一起喝一点咖啡，偶尔也可以吃一块饼干之类的食物。另外还有一个地方常去，就是社区。社区为了让外来人员，特别是移民到那里生活的人懂得英语，经常周末开办英语培训班。老师是免费教学，还会带来复印的教材。我们为了提高自己的英语水平，经常参加这样的活动。在社区上课的地方，有免费的咖啡供应。课前、课后必须来喝上一杯。有时真是会想不通，这个国家怎么福利这么好，处处喝咖啡都是免费的。

回国后，喝咖啡并不是那么普及。不过，在工作中，有些人来找我，他们有时会带来一些雀巢咖啡，为了不浪费，我经常冲着喝。但对咖啡这种东西，没有去深究到底有什么特殊的地方。后来，有一次我去海南开会，途经海南的兴隆，发现那里出产咖啡，就顺便买了一点回广州。我才知道咖啡不仅国外有出产，我们自己国家也有，而且品质也不错。但是咖啡这两个字毕竟是音译过来的，说明咖啡这种东西一定是舶来品。随着时间的推移，中国市场拥有了越来越多的咖啡品种，巴西咖啡、哥伦比亚咖啡、蓝山咖啡、炭烧咖啡，甚至还有越南的咖啡。品种繁多，要真正弄清楚，恐怕要去读这方面的书籍才能明白。有一次我到越南旅游，顺便买了一包越南咖啡回来尝尝，味道也不错。到底哪种比较好，恐怕也是智者见智，仁者见仁了。

到 21 世纪初，我又去了美国访问学习，逛了几个月。有意思的是我在美国的俄亥俄州大学医学院附属医院，认识了神经外科主任勒弗特教授。这是个很有意思的人，我去的时候，按照礼节，带了几条潮绣的丝巾作为手信，送给他的夫人。他很高兴，于是他全家陪着我去华人餐馆吃了几次饭，他夫人是儿科医生，育有两儿一女。他女儿那时 7 岁左右，非常可爱。他特意邀请我去了他们家的别墅，让女儿拉小提琴给我听。在美国，自然每到一处都必须喝咖啡。更有意思的是我们在医院查房，也每人捧着一杯咖啡。在漫长走廊路上边喝咖啡边聊天。到了病房，把咖啡放在窗台上。看完患者出来继续喝。看来美国人在生活中每天都少不了喝几杯咖啡。可能因为喝咖啡是免费的，不用掏钱。当然，回国后的我也只知道雀巢三合一咖啡。一晃就过去了几年。喝茶，或者喝咖啡，交替着进行。随机应变吧，有茶喝茶，有咖啡喝咖啡。

21 世纪初，国内市场开放了。星巴克咖啡店星罗棋布。有时候陪朋友一起去星巴克咖啡店坐坐。尤其夏天，贪空调的凉气，在里面喝一杯咖啡，聊聊天。或者一个人看看书，上上网什么的。有时在选择购买咖啡品种的时候犯难，不知道哪种更好、更适合我。我血糖不稳定，选择无糖的咖啡是先决条件。这么多年，在我脑海中，有一个名叫卡布奇诺的咖啡。一杯咖啡上堆积雪峰样的奶泡，上面散着一点点咖啡沫，犹如洁白的纯净的山峰点缀花瓣，有一种诗情画意的感觉。制作这种咖啡，打奶泡也是一种工艺技术，做得漂亮令人赏心悦目。我想，艺术也是可以渗透到生活之中的。

有一次，我走进我家附近的一家星巴克咖啡店，推门进去一看，哇塞，坐了不少年轻人。我想大多数是白领阶层的人。不少人边喝咖啡边用电脑，也有看书的，气氛不错，都在学习。可有点不协调的是进来我这位长者。不过还好，他们看了我一下，又各自干各自的事。我习惯了，虽然我人老，可心不老。年轻人干什么，我都可以来几下，包括喝酒或者在时髦的地方喝咖啡。

我要了一杯咖啡，服务员问我，需要哪种咖啡？我又犯难了。服务员看我犹豫的眼神，向我推荐一种叫"馥芮白"的咖啡。听起来很文雅的名字。我同意了。找一个地方坐下也用起我的电脑来。我喝的这杯叫馥芮白的咖啡，味道还是不错的，奶香浓郁更胜卡布奇诺。后来才知道，这两种咖啡，都是浓缩的咖啡，只是卡布奇诺有很厚的奶泡，像"泡沫帽子"；而馥芮白则是薄的奶泡，因此喝起来奶味更浓一些。

一次偶然的机会，到一位医生朋友那里做客，发现他有一台小型的咖啡机。为了显示本领，他给大家一边介绍一边操作，现场制作了几杯咖啡来。此时我非常感兴趣，问了许多关于咖啡机的问题。这是一台小型意式咖啡机，来自国产品牌。首先把咖啡豆用研磨机研磨成粉，然后把粉装在咖啡机的冲槽中。开动咖啡机，水蒸气便把咖啡液冲滴到杯子里。接着，又可以用咖啡机冲奶泡。最后你根据自己的口味选择是否加糖。我觉得挺有意思的，就像做菜一样，经过自己努力做成的菜肴，味道就不一样了。后来回到广州，我也通过网购的方式买了一台意式咖啡机。先用研磨机把咖啡豆磨成粉，接着用冲槽装满磨好的咖啡粉，把冲槽安装到咖啡机上，打开咖啡机的电源开关，旋到蒸咖啡键上，一会咖啡液就慢慢滴到杯子里了。接着用奶杯装好半杯牛奶，把开关调节到冲奶键，一会儿冲奶管有蒸气冲出来，这时把冲奶管插入牛奶杯中，不多会杯中起奶泡了。用蒸气冲出来的咖啡加奶泡，然后根据自己口味加入适量糖，就成了一杯可口的咖啡。这种咖啡机属于半自动的机子，还有更好的全自动咖啡机。就这样，好像我自己变成了咖啡的爱好者了。其实差得很远，后来才知道这些是入门的教程，莫道认识就是懂，离懂还差千万里。

最近，我乘地铁去老年大学，在晓港站发现有一个小小的咖啡屋。几次都很想去那里看一下，坐下来喝一杯咖啡。可是来去匆匆，总是没时间。一天时间尚早，我决定去咖啡屋探探情况。走进小屋，这是一间名叫"蜂格咖啡"的连锁店，在广州市的地铁站周边开了几家店。像公园前、客村站都有开设。咖啡店陈列简约，一个半圆形柜台，上面放了一台意式咖啡机，旁边有一些简单的物品与产品。一个年轻小伙子在店里做生意。我要了一杯咖啡，向他交代不加糖。他指着墙上贴的布告，问我要哪种。上面写着有美式咖啡、拿铁咖啡，拿铁咖啡下面还注明加焦糖或香草，还有双萃拿铁蜜、焦糖玛奇朵等字样。我本来就没有弄清楚咖啡的品种，只知喝。我征求他的意见，他说拿铁咖啡怎么样。我说没有糖就可以。接着他便按程序操作。我发现这台咖啡机与我家的类似，只是稍微大一点，也是意式咖啡机。冲好后，给我喝，味道还不错。他告诉我，咖啡机里放了四种口味的咖啡豆，四种豆冲出来的咖啡，味道会更好一点，大众喜欢。以前我没听说过。更有意思的是咖啡里面还可以放焦糖或者香草，还有双萃拿铁蜜，听名字肯定要放蜂蜜的。我没有喝过，下次试试。临走的时候，我发现了一种单品咖啡。我问小伙子，这种咖啡是怎么回事？他告诉我，这是一种冰滴咖啡，单纯的咖啡，不加任何伴侣与糖，必须 24 小时内喝完。我好奇地花 22 元买了一瓶 100 毫升的这种咖啡。打开尝一下，纯咖啡味道，微苦清淡的感觉。我看了看他们的布告，上面写着衣索比亚耶加雪啡、巴西黄波旁圆豆挂耳包、印尼曼特宁咖啡豆。看得我头都晕了。我想有时间在我感兴趣的时候，再去弄明白吧。

　　咖啡喝起来简单，但谈论起来就比较复杂，看起来也是一门学问。我可能没有这个本事。咖啡是舶来品，在国外一些国家，喝咖啡一定是他们大多数人的生活习惯，而且他们对咖啡有更多的研究，无论在品种上，还是搭配上定有各种各样的花样。就像茶一样，原产于中国，逐渐向世界各地渗透。据说斯里兰卡、印度茶叶生产都不少。英国人喜欢喝的奶茶，就是红茶加奶。有一位朋友告诉我，世界上有一种名贵咖啡叫猫屎咖啡。他说猫屎咖啡是强迫猫吃下产地的咖啡，然后用它的屎磨成的，猫屎亦是一粒粒的，据说奇美无比。我听了，哈哈大笑。生活中总有人这样，一知半解，却能大言不惭，吹牛不打草稿。猫屎咖啡，是印尼生产的。印尼有一种野生的猫名叫麝香猫，喜欢吃咖啡果。它排出的屎有一部分是消化不了的豆。然后当地的人把未消化的豆洗净，去皮加工，就成了猫屎咖啡。也许是这种猫本来就不多，经过它消化道出来的咖啡豆就更少，因此物以稀为贵。我没有喝过，不知道味道如何。有人说，这样的咖啡，打死也不喝。未必贵的东西就有人喜欢。世上有句话，有钱难买心头好。

最近微信里有人告诉我们，喝咖啡可以防止老年痴呆，可以防止癌症。不知道是真是假，微信微信，稍微相信。没有科学研究论文证实的消息，我不敢全信。好，这就是我喝咖啡的经历，喝咖啡的故事。有人说，和喝茶的人在一起聊，大家是慢慢叙叙旧；和喝咖啡的人在一起说话，可能大家谈的是未来发展。

咖啡虽小含文化，喝尝易做了解难。世上无一事情易，深究学问可成家。

我在南宁养的那只狗，叫曼尼

　　那逝去的记忆，那流失的年华，让我想起我在南宁养过的那只狗的故事。

　　我在南宁工作了三年，瑞康医院为我提供了一套住房，房子离南宁市民族大道不远。我夫人陪我在南宁生活，但是有时候她回广州的时间比较长。因此，生活上有时觉得孤单一些。每天下班吃完晚饭以后，我经常一个人出去散步。在民族大道离民族广场不远的地方有一个草坪，我经常散步到那儿转转圈。南宁与广州几乎在同一条纬度线上，南宁的气候与广州差不多，每天气温相差不到一两度。傍晚，西边天空出现一道向北的光，晚霞红云也慢慢收起来了。周围的建筑物在夜幕来临前，显示出灰色的轮廓。忙碌的车辆川流不息，在夜幕下也都是流动模糊的物体。路灯还没有亮，夜幕逐渐加浓。这时，草坪上有不少人在那里纳凉；爱运动的人，绕着草坪行走锻炼，有不少养狗的人，带着狗出来蹓跶。这个时候也是遛狗的最好时光。

　　我是非常喜欢动物的人，尤其钟爱狗。在草坪里，只要有狗在那里玩耍，我一定会站在旁边观赏。随着夜幕深沉，华灯初上，遛狗的人会越来越多。有的人牵着大狗，有的带着小狗。我不太懂狗的品种，为了使自己增长知识，没事的时候还特意去翻了一下养狗的书籍，想大概了解一下。可是我一看相关的书籍，哇，狗的品种太复杂了。光是狗的品种名字，我都记不住。什么金毛犬、西伯利亚犬、吉娃娃，什么牧羊犬、蝴蝶犬、斑点犬，还有北京犬……

尽管只是在草坪上看人家的小狗，但时间久了，也被那些小狗的灵性吸引住了。狗对主人的忠诚性，对主人的跟从性，都非常有意思。我想狗与养狗的人，一定存在着一种亲情关系。宠物是人们所喜爱的东西，我想更重要的是它是活的，并且与养者之间有情感交流。它让养它的人，有一种情感上的寄托。此时，我心中也萌发了想养一条小狗玩玩的心思。

一天下午，我闲得无聊，决定到南宁的花鸟市场去逛逛。逛了一圈，发现卖狗的人还不少，我随意地转转看看，品种也还不少。我边走边看边问，随时停下来观察一下小狗，顺便和那些人聊聊狗的品种。其实我还没有真正地下定决心买一只小狗回去，只当是逛市场，消磨时间。另外，我只是想增加一些社会知识。我漫无目的地逛着，这时一位年纪大的人拉住我，跟我说，他那只狗送给我。我看了看他，他穿着比较陈旧的衣服，岁月的沧桑在他脸上写着，似乎不像生意人。爱贪小便宜的我随他去看看那只狗。那是一只小狗，粗略地估计一下，可能有20多斤吧。它的身上长满黄毛，腿也不长，属于小狗的范畴。那老人对我说，把狗送给我，我犹豫了。我想是不是小狗有什么问题呢？我心里犹豫。这是我的弱点，在许多关键时刻，都处于被动地位。他说 80 元吧。我再看了看小狗，觉得还可以，尽管不是什么名种犬。好吧，我把钱给他了，抱着小狗打了一次疫苗就带回家了。

养狗不是那么简单的事情，吃喝拉撒都要管理它。时间长了，也真的使我有点头疼了。当时我一时冲动，把它带回来，现在可要对它负责了，毕竟这是一条生命。我想给它取一个与众不同的名字。我想起英文单词"钱"的发音，"money"这个单词发音是"曼尼"，我觉得不错，叫起来上口，又蕴含了意义。我想钱总是让人喜欢的东西，我也希望大家喜欢我的小狗。随后几天，我不停地叫它的名字，让它听懂并知道我在叫它。喂养也是一个问题，我买了一包狗粮，它好像不太喜欢吃。傍晚散步的时候，我用绳子把曼尼牵到草坪上蹓跶，顺便问一下那些养狗人的经验。有人告诉我，小狗喜欢吃鸭肝。我听了大喜，第二天，我到菜市场卖鸭的档口，买了两斤鸭肝。然后用鸭肝煮米饭，等米饭凉了以后，我把鸭肝和米饭用七个小饭盒装好，然后放到冰箱的结冰层，每天拿一盒出来，用微波炉加热分两次喂曼尼。就这样，解决了它的饮食问题。

我有早起的习惯，天刚亮就醒。现在起床后的首要任务就是牵曼尼出去遛遛。它听到我起床的声音异常的兴奋，我一开门，它就在我房门口。我洗漱以后，用绳子牵着它，它就知道我要出去运动了，它拼命地往外蹦。我用绳子拉住它，它小步向草坪方向跑去。清晨空气格外清新，微风吹拂我们，街道是安静的，马路上车辆也不多。有时我也会松开绳子，解开曼尼身上的纽扣，让它自由活动。不过有时它会跑到我的前面去，当它没看见我的时候，会停下来等我。如果我不想走这条路，走另一条路，我叫它的名字，它就会跑回我身边来。宠物狗就是这样追随着主人的，十分听从主人的召唤，这也是其可爱之处。有时我也会用网球来训练它，我把网球抛到20米开外的地方，它就会飞跑过去，然后用嘴把球叼回来给我。如果它在我身边不远处，我就把网球向空中抛得高一点，它就会跳起来用嘴把球接住。这些娱乐项目，是我经常带着曼尼在草坪上玩的。人和动物是相互依赖的关系，你养它，照顾它的起居饮食，它就毫无理由地忠实于你，因为你是它的主人。所谓讽刺人是忠实的走狗，我想是由此而来的。有时我在书房看书，曼尼会自动到我身边来，蜷缩在我脚边。如果我向它示意一下，它很快就跳到我身上来，蜷缩在我的怀里，充分体现对主人的依恋之情。这可能也是养宠物狗的乐趣吧。

岁月流金，斗转星移。凉风吹落了南宁街头梧桐树的叶子，枫树的片片红叶也晕染了枝头。植物最知气候的变化。秋天到了，我也养了曼尼有一年多了，我按生活习惯每天都带它去草坪散步。养狗的人在一起，大家彼此会认识，大家聊天先从谈狗开始。我在草坪认识了李阿姨。李阿姨家养了三只狗，都是北京犬，又名"京巴"。李阿姨和她的妈妈天天都牵着狗到草坪来活动。有意思的是她们把她们家养的狗取名叫老大、老二和老三。我原来以为她们家没有孩子，把狗狗当自己的孩子。后来才知道，她们有自己的孩子。由于她们喜欢小狗，所以，就把小狗当自己的孩子一样叫老大、老二和老三。也许她们懒得动脑筋，便随便叫个名字。在夜幕下乘凉、聊天是十分惬意的事。李阿姨告诉我她们家小狗的趣闻轶事。养狗的人交朋友，谈论的话题也离不开狗。一回生二回熟，日子久了，大家都熟悉起来。除了刚认识几天，相互会稍微问一些基本情况外，关于家庭的私人生活上的事，也谈得不多。聊天的话题全都是小狗的趣闻轶事。她们会告诉我她们家三只小狗的来历。李阿姨的母亲比较喜欢老三，也许是老三年龄偏小的原因。李妈妈说，老三很懂得看人脸色，李妈妈不高兴的时候，它会在离得比较远一点的地方，偶尔到她身边来转一转。它看到李妈妈高兴的时候，就会跳到李妈妈的床上。睡觉的时候，它会钻到李妈妈脚跟被子旁睡觉。我想许多人为什么喜欢养宠物狗，原因在于狗具有灵性，能与主人进行情感交流。小狗能听懂主人的指令，对主人有极高的忠诚度，而极高的忠诚度是人们最喜欢的。人们发现经过长时间训练，狗与主人接触后，表现出坚定不移的对主人的忠诚。无论主人是好人还是坏人，它都是一样忠诚。世界上有许多狗救主人的动人故事。当主人处于危难之中，它都会奋不顾身去营救，它不会考虑、也没有能力去考虑有多危险。这是很少人能做到的。世界上也有许多关于狗对主人至死不渝的生动传说。

随着时间的推移，近几天来，我发现曼尼肥了许多。夫人说可能跟吃得多有关，我也没放在心上。按习惯，每天早上我带着它去晨运，傍晚一起去散步。有一天晚上，我们在卧室里睡觉，大概深夜两点钟，我突然听到客厅传来异样的声音。由于职业的习惯，我很快就醒了，披上衣服打开房门一看，我惊奇地发现曼尼在生小狗了。只见它身边已经有一个带黑色毛的幼崽在蠕动，地面上有一片血迹。尽管我是医生，但是生小狗的事，我从来没有遇到过。我有点胆怯，也不知道怎么办？我记起来听人说过，母狗会处理自己的事情。我发现曼尼生了两只小狗，但是胎盘好像没有出来。生产期间，狗是非常敏感的，会很警觉，所以最好不要随意去动它，让它自己料理自己的事。深夜两点多钟，我睡意正浓就没有管它，睡觉去了。第二天，我发现地面清理得很干净。可是它的身边只有一只小狗幼崽。我有一点纳闷了，昨天晚上好像看到的是两只幼崽，怎么只见一只呢？我到客厅每个角落里寻找，也没有发现什么。我脑海里一直在想，到底是怎么回事呢？后来跟那些养狗的人聊天，我把这些情况告诉他们。有人告诉我，有可能是母狗把小狗吃掉了。通常母狗在生下小狗后，会把胎盘吃掉，有可能母狗也把幼崽当成胎盘一起吃掉了。我听了很后悔，当时应该把幼崽从母狗身边隔离开来，这样就不会发生这种事情了。唉，经验与教训使我们在生活中聪明起来。后来，幼狗长大了一些，它的毛以黑色为主，在肚皮下有些棕色。两只耳朵稍长，是塌下来的。更奇怪的是耳朵上长了黑毛绒。从这种外表看来，它的父亲极可能是可卡犬之类的狗。我也纳闷，曼尼什么时候发生这种情况的呢？我梳理了一下头绪。早上我带它去蹓跶，大部分时间用绳子牵着，偶尔放开绳子，也都是在我的视野之内行动的。我想最大的可能性就是在傍晚，我把它带到草坪上，会解开牵引绳上的锁，让它自由自在地在草坪上到处运动。这时候我光顾着和别人聊天，也不知道它跑到什么地方去了。在那灯光昏暗的傍晚，也许被谁家的可卡犬"欺负"了。我养犬经验不足，曼尼在我身边已经养了一年多，按狗龄有两岁以上，作为一只雌性狗，它有它的生理特性，我忽略了这一点。或者说我不了解动物的许多生理特性。

后来，曼尼的幼崽也长大了。明显看得出它是可卡犬的杂交品种。不过样子也挺可爱的，黑棕色，耳朵较长垂下，这一点非常像可卡犬。可是整个身体形状与可卡犬却有明显差别。几个月以后，我把它送给了柳州的朋友。他们家在柳州的柳江县，农村地区家里本来就有狗，多养一条也没问题的。

三年后，我结束了南宁瑞康医院的工作。全家搬回广州。对于怎样安置曼尼，内心十分矛盾。把曼尼带回广州有一定困难，那只好送人了。瑞康医院有位护士长愿意接受曼尼，我就把曼尼送给她了。其实，我工作期间，回广州休假时曾经把曼尼寄养在她们家，曼尼对她们家并不陌生。我走的那天，曼尼拼命往我车的方向冲。我只得把它装在笼子里，交给她们。缘于相伴同生活，情感真挚动人心。

我回广州好几个月后，因公事出差去南宁。我处理完事情以后，还专门去那个护士长家看我的曼尼。它还是认识我的。我带它到外面蹓跶了两个小时，它和以前一样对我十分亲近。

我发现曼尼好像瘦了一些。我问了护士长曼尼的一些生活情况，希望她们更好地照顾曼尼，但又不敢说得太多，别让别人认为我不信任她们。一晃又过了几年，我不知道曼尼是否还在，是否健康。生活经历中，曼尼与我相伴短暂，仅两年多时间。它给我带来了快乐，有时候也有些烦恼，这些快乐和烦恼永记在我的脑海中。人生本来就是一场旅行，接触的人与事也许很多，但给你留下深刻印象的也许会有限。那些故事，常常会唤起你的记忆，特别是那些有感情互动、为数不多的记忆深刻的故事，使人终生难忘。

　　这就是我在南宁养的那只狗，它的名字叫曼尼。

我在台湾花莲骑单车

我去过四次台湾，最近这次去台湾，我想一定要去下台湾的花莲。曾经有一位台中医科大学的杨教授告诉我，到台湾要看海，一定要去花莲。那个地方就是太平洋的海岸线，那儿有不一样的海景风韵，那里有一种特别宁静、秀丽而又雅致的大海风光。到台北看雨，到阿里山看山，到日月潭看湖，那到花莲就是看海了。我被他讲得内心痒痒的，其他几个地方我都去过了，这次一定要去花莲以解心头之痒。

这次感谢台湾荣总医院黄棣栋教授的邀请，我到台北开了两天会，第三天准备去花莲。我向酒店打听如何买去花莲的火车票，他们告诉我台北所有的便利店都可以购买火车票。晚饭后，我沿宾馆所在的大街向前走了两个公交站距离，便看到一家便利店。我走进店内，一位小伙子接待我，我告诉他我想买一张去花莲的火车票。这位小伙子很热情，他即刻从柜台里走出来，带我到旁边的一个自动售票机前，他问我想什么时候去花莲。我犹豫一下，说只要不要天黑到花莲就可以。他很熟练地按指示点击操作，不一会儿一张到花莲的火车票就打印出来了。

第二天早饭后，我来到台北火车站，台北火车站不算大，建筑比较陈旧。我按票面上的指示来到第三站台，站台虽比较狭窄，但也有几张长椅供人候车。台北车站比较繁忙，不一会儿就会来一趟火车，车上有不少从各地来台北的旅客。形形色色的乘车人，有衣着时髦的俊男俏女，也有衣着朴实的农民兄弟。车辆来来往往，旅客上上下下，十分热闹。9点多钟，我登上了开往花莲的火车。车上对号入座，车厢内比较干净。陆陆续续车厢上坐满了旅客，火车准点就开动了。

火车一路前行，沿途停靠许多车站，每个车站都不大，有的非常小，建筑都很简陋，有的车站显得破旧，不过大多数比较干净。不少旅客上上下下，大多数是当地居民，衣着较普通。终于在下午四点左右，火车来到了花莲。

花莲火车站正值扩建改造，有些凌乱。火车站背靠大山。我跟随人群出了车站，走出车站看到了车站广场。车站广场也不大，中央树立着孙中山站立的塑像。这就是花莲了，一个看起来并不繁华，甚至有点乡土气息的县城。

花莲并不大，甚至有一些陈旧。建筑几乎都是以三四层的楼房为主，道路不太宽敞，几乎看不到公交车。老百姓出行主要靠摩托车，大街小巷随处可见一排排停放整齐的摩托车。在花莲的巷子里，藏着一些特色小店，一栋栋木造的老房子。我仿佛走进了一个怀旧的梦里，它显示出旧的风貌，它透露着逝去年代的气息。

我在花莲东侧找到了网上订的宾馆。这所宾馆比较新，在花莲来说属于高层建筑，有 8 层之高。我环视周围，附近房屋比较新，也许是近几年新建的。宾馆的门卫待人十分热情，他告诉我，宾馆前面停的几辆自行车是属于宾馆的，只要到前台登记拿钥匙，就可以免费使用。我登记好住宿后，已经到了下午 5 点多钟了。我想很快就要到晚饭时刻，不如骑自行车到花莲夜市去逛逛，顺便解决晚饭问题，便骑着自行车向花莲夜市出发了。

　　我沿中华路向西，骑着自行车不急不慢地前进着。花莲街道上行人不多，时有骑摩托的人来来往往。我仿佛有一种穿行在 20 世纪 60 年代城市的感觉。花莲的当地人轻松、潇洒、有条不紊地生活着。花莲显得那么安静，人们生活得那么从容，有点像世外桃源的感觉。我骑了半个多小时，终于看到花莲的夜市了。天色渐黑，西边晚霞衬托着一片云彩。夜市还没有全部开业，个别的商贩在准备食材，我推着自行车在夜市里边走边看。花莲夜市像广州一样，每个铺面都是一个小档口，一个铺面连接着另一个铺面，每个店面都有统一规定的大小，大多数都是卖一些台湾特色小食、烧烤以及水果饮食之类。夜市面积比较大，我推着自行车穿过夜市，见天色还未全暗，便来到花莲的西边海堤旁。我看到了一望无垠的大海，便把自行车放在一旁，走到海堤制高点，实实在在地观望了一下这花莲的大海。

　　远方，天连着海，海连着天。天与海之间可见一条地平线分开。天上有晚霞，晚霞衬托彩云。海中波光粼粼，全是天上晚霞在水面上的倒影，这就是海，这就是花莲的海。它像梦幻般的仙境，给人心旷神怡之感，荡涤人心。我想这次到花莲来看海，真不枉此行了。

在海堤右侧，可见海滩，辽阔的海水，一波接一浪奔来，拍打着海岸。一排排浪花，逐步卷来，冲刷着海滩。周围特别宁静，只听到哗啦啦的海水声。那一阵一阵的哗啦啦海水声，那么有节律。这是自然的音符，这是自由的节拍。人在这浩渺的大海旁，显得多么微不足道。

在海滩上，距水不远的地方，有一个四角的风雨亭，风雨亭在夕阳余晖中展现它的轮廓。这是多么美丽的一幅风景画，天水共一色为背景，海滩与拍打着的浪花为近景，四角风雨亭在夕阳下的剪影点缀其中，夕阳下的海滩，画面多么令人心醉。为了留下这么美好的风景，我掏出手机拍下了花莲的夕阳海景。

第二天早餐后，在宾馆的大厅又遇见那位热情的门卫。我问他，能不能骑自行车去七星潭，他笑着回答，当然可以，路程也不会太远。接着他带我出大厅到门口，指着马路的方向告诉我如何走。我按他指的方向，骑着自行车就出发了。

早晨，花莲的空气格外清新。人们大多数还没有出门，马路更显得十分安静，偶尔遇到一辆摩托从身边飞驰而过。我沿中华路左拐，过桥骑了一会儿就见到大海了。公路向海边外侧有一条绿色自行车道。我想这是个好地方，于是推着自行车转到绿道上来。绿道离海很近，绿道两旁，绿树成荫，我在绿道上放慢了骑车的速度。此时太阳也已经爬上了半空，暖和的阳光穿透了树林的枝叶，像金钱似的晃散在绿道上。我十分惬意地骑着车，欣赏着大自然的风光，心情十分轻松。唯一遗憾的是独自一个人在绿树丛中穿行。偶尔，在绿道上遇到几个跑步的人。

花莲是如此安静，花莲是如此休闲。

我沿绿道骑车，骑了快一小时，来到海边像货运码头一样的地方。周围静悄悄的，找不到一个人。我想大概走错了地方，此时，内心有点着急，很想找一个当地人问问。但周围一切如此安静，公路上有货车轰轰声响。我想应该倒回到公路上去，才能找到要去的七星潭的信息。我推着自行车，倒回到公路，此处公路呈上坡状态。我只有推着车走了。我走了大约一公里，就发现路牌指示，十字路口右手方向去七星潭，左手方向回市区。这时，我才明白，自己骑自行车在花莲海边转了一大圈才回到去七星潭的公路上。

我骑着自行车沿通往七星潭的公路走着，穿过一个很短的隧道，就看到一片非常广阔的海滩。远远看去海滩上已有不少游客在走动。我想这一定就是七星潭了，怀着兴奋的心情骑着自行车向七星潭奔去。突然，一架战斗机从七星潭附近向天空飞去。我停下自行车，向飞机出发的方向看去，原来在七星潭公路另一侧远处，有一空军基地。不一会儿又有一架飞机从基地飞出，我站在七星潭海滩上，可以看清楚飞机的结构。我觉得十分扫兴，怎么每一个景点附近都有军事基地。我在七星潭的整个上午，都是在飞机飞行的轰隆声中度过的。

七星潭的海滩是个石滩，整个海滩遍地都是大小不同的石头。只是临近海水的地方，石头比较细小。由于长年被太平洋的海水日夜冲刷，七星潭海滩上的石头，个个圆润通透，犹如玉石般可爱。当地政府部门为了告示游人，特定立了一大广告牌，告诉大家不允许将石头私自带走。我看了这种广告牌后，更特别注意了一下海滩上的石头，有些的确非常漂亮，我特意捡了两个在手中欣赏了一下，卵圆形，白色晶莹，滋润光滑。这真是大自然的魅力，神功造就之物。我在舍不得的情况下，把石头抛回了海滩。七星潭如今叫七星潭公园，政府在海滩周围进行了园林改造，种了不少花草树木。后来我才了解到此处为何叫七星潭。因为这片海域中，离海岸不远的地方就有海沟，海沟犹如深潭，如果人在海里被卷进这些海沟，那就绝无生还的可能。

七星潭的海是深蓝色的大海，它的水深似龙潭。海水翻滚起来的浪花，是翡翠般的绿色。一排一排浪花随风向海岸涌来，由于石块的阻拦，浪花开成洁白泡沫，格外不同。远处山脉突兀在大海水中，犹如一艘巨轮屹立在前方。空阔的海平面一望无际，巨大的石滩呈月牙形伸展。七星潭游客不多，除了天空不断有飞机从基地飞射出来，打破了宁静的海滩外，一切都显得安静，一切都是大自然形成的美丽画面。

花莲，一个太平洋旁的小城市，的确是看海的好地方。花莲的海，连着浩瀚的太平洋，广阔无边；花莲的海，远离喧嚣，宁静从容；花莲的海，水深似潭，海水湛蓝。

花莲未见莲花影，望海广阔浪无边。

远离喧嚣身宁静，心灵世界一片天。

鸡叫天亮，鸡不叫天也亮

梧州行

梧州，我想要对你说的话太多了。

早在20世纪90年代末，我因工作的原因多次去梧州。那个时候，从广州去梧州，交通不是太方便。当时，最快捷而方便的是乘坐快艇。那几年我经常乘快艇，从广州的大沙头码头上船出发，四个多小时便到了梧州的码头了。快艇贴着河面飞，速度十分快捷。一般中午时光，我在广州上船，晚饭时刻便到了梧州。我的好朋友梧州市工人医院的杨主任通常会在码头附近等候着我。他是当地人，熟悉地理环境。他会在梧州西江的码头附近，选一家餐馆，一边喝茶一边等着我。餐馆在江边，这样我们可以在那里一边吃饭，一边眺望江面的风景。杨主任喜欢喝一点小酒，我也喜欢与他饮一杯。相逢遇知音，小酒宜情调。他有独特的喜好，喜欢饮白兰地。那酒度数不是十分高，我们慢慢地品尝河鲜，饮着白兰地。西江江面上吹来阵阵凉风，看着江面上来来往往的帆船，在夕阳的余晖下闪动着，江面上波光粼粼，像一幅夕阳射波影、帆影迎霞飞的风光画卷。

梧州市工人医院解放前是一座教会医院，至今保留着一台升降机式电梯。医院的建筑处处遗留着一些宗教的风格。解放后，国家为了体现工人当家做主，因此，将医院改名为工人医院。该医院历史悠久，技术力量堪称桂东之首。医院在医学许多领域以及当地率先开展了许多技术工作。杨主任是该院的大外科主任，他为人开朗，业务精通，毕业于广州的中山医科大学，是我为数不多的好朋友。这都是十几年前的事了，当然最近这十几年期间，我也因各种原因，多次前往梧州。

往事如烟，梧州如今交通早已便利了。高铁、高速公路都已开通，快艇早已难见踪影。最近一次，我们是开车从广州到梧州去的。全线高速公路，只花了大约三个半小时。中午从广州出发，早早地就可以到梧州了。这条高速公路远离西江江岸，在山间穿行，沿途是一排排绿油油的树木，十分赏心悦目。

梧州从地理位置上来看，它是广西东部，号称桂东，毗邻广东，与广东的封开县仅一步之遥。西江是珠江的主干道河流，如果要说珠江是广东的母亲河，那么梧州就是西江上游的一颗璀璨明珠。

珠江是由三条主干道河流汇合而成的，即东江，西江以及北江。三条江中流水量最大、流域最长的就属西江了。梧州就位于西江上游主干道旁。在梧州，西江又由浔江、桂江汇合而成。因此，广东的水源，很大部分是由广西境内流来。因此，两广有一脉水系，同饮一江水。

"君住西江头，吾居西江尾，同饮一江水，波涛载思念。"

充分描绘了梧州与广州的亲缘关系。梧州与广州的亲缘，何止是水系地理关系。从语言、饮食以及居住、生活上各个方方面面，两城如出一辙。梧州人讲话，讲的是"白话"。如同珠江三角洲的人一样，梧州人说话的语气与广州人类似，有喝早茶的习惯，饮食清淡，多种药膳方法也相同，很多人一样喜欢喝老火靓汤。

梧州不是山城，但是由于位置紧临西江，因此，梧州老城区地势并不平坦。中山路就有点斜坡的态势，直到江边。骑楼是南方城市特殊的建筑结构，紧挨着中山路的"骑楼城"别具一格。我记忆中，前几年梧州骑楼没有规模化。这次到梧州，我发现梧州骑楼已经面貌一新，尽显建筑上的艺术特色，而冠以"骑楼城"之名，足以成为城市的一张"名片"，与广州的上下九路岭南风格的骑楼相媲美。这也体现了两广城市的建筑风格是如此相像。

这天，我在梧州夜不能寐，天蒙蒙亮就起身来到西江南岸的堤坝上。早晨清风拂面，朝霞初染东方。早早起床的梧州人也在堤坝上，开始一天的活动了。堤坝上人来人往，十分热闹。许多人在堤坝上做运动，有疾步而行者，有快速跑步者，也有缓慢做操者，更有人坐在堤坝上的水泥墩上，对着江面高歌。如此生动而鲜活的生活画面，同时也感染了我，我也随着人群活动自己的手脚。生活就是这样平凡，我想梧州人就这样迎来了新的一天。西江的波涛永不驻足地向东流去，西江的下游同样是一江水的广州人，也是这样迎着朝霞开始了他们一天新的生活。

来往这么多次，梧州有两件食品给我印象最深，那就是龟苓膏与豆浆。龟苓膏是典型的食药同源的食品。说它是中药，一点儿不假。龟苓膏主要成分有甘草、茯苓、金银花、蒲公英、槐花、栀子、白芷以及罗汉果等中药，其就是由这些中药加上黑胶粉与淀粉加工而成。龟苓膏吃起来苦而不涩，生津止渴，甘甜清凉。每次来梧州我总要尝上一口，回广州的时候，带上一些。这就是梧州的重要手信，回到广州，大家就知道我从梧州出差回来了。

梧州另外一种出名的食品就是豆浆。不知道是梧州的水好，还是对豆子的加工方法特别。梧州街头处处都有豆浆店，梧州人把豆浆做到极致，各种口味的豆浆都能尝到。

那天晚上，我和我的同事坐在骑楼城一间豆浆店，每人捧着一杯口味不同的豆浆，观看着骑楼城街道上各个店面，流光溢彩的灯光闪烁着，来来往往的人的脸上洋溢着幸福的微笑。盛夏季节，俊男俏女们穿着清凉的夏装，潇洒、自由地漫步在骑楼城的步行街。我看着这些来来往往的行人，心想什么是幸福？

幸福只有心知道。人们内心感受到的，一定是幸福所在。此刻，我们也幸福着，美滋滋地享受梧州豆浆的美味。

据历史记载，1897 年梧州成为珠江流域的商埠时，就出现骑楼建筑，而且规模较大。骑楼临街的外墙上装有铁环和水门。我记得中央电视台的节目里曾经考过观众，问大家铁环的用途。后来才知道铁环是系船用的。水门肯定是与水有关，这说明梧州在历史上经常会被水淹，街道变水道。人们在建房时，一定想到被水淹的时候，因此，他们在骑楼建筑上安装了系船用的铁环。现在情况好多了，梧州在西江旁修了坚固的堤坝，加强了排水系统，很少发生骑楼街上乘船的事情了。

梧州市龙母庙中的龙母铜像，是我国最大的龙母像。据传梧州是龙母的故乡，北宋初年梧州就有龙母庙，龙母被誉为西江的河神。可有意思的是广东的德庆，也有规模宏大的龙母庙。德庆也在西江岸边，离梧州市也就是几十公里。因此，也可以看得出西江两岸的人们对西江的崇拜。

梧州还有很多风景名胜，因为工作的缘故，来去匆匆，我没有去过。原国民党高级将领、后为中华人民共和国副主席的李济深，故乡就在梧州。下次我一定去看看，了解历史和历史人物会对生活有很多的帮助。

梧州，我这样带着思念而去，又带着遐想而回。广州，梧州；梧州，广州。在来往的不经意间，我发现这两个城市有如此多的相同，又有如此多各异的地方。我想也许是这两个城市历史造就的。中国历史上的交通，多以水路较为方便。通过水路，商品交易，人员来往，自然两城人们在语言、生活和饮食上就大致相同。

木棉花开了

　　窗外的木棉花开了，它跟随着春天的脚步开的。那艳红的木棉花，从容、宁静地开着；那似蜡样的木棉花，沐浴着春风和阳光开着。我看着那木棉花，挂满枝头，几乎难见其叶。那木棉花自顾静美，简单质朴，这样的品性，让我想起了我老年大学的同学——大家都叫他"森哥"，我也叫他森哥，他肯定比我年纪大一点，因为他在班里的排号刚刚在我的前面，我们是广州老年大学小提琴班的同学。学校是按年龄大小来排座位号的，论资排辈，这是中国人的传统习惯。

　　森哥应该是地道的广州人，他说一口地道的广州话。我真不知道他是从事什么职业的。我们也不去打听别人的往事，什么职业，哪里人。大家都是同学了，一把小提琴把大家联系在一起，就足够了。大家日益熟悉了，自然会了解多一些。下课休息的时候，我也会与森哥聊几句，他操着带粤腔的普通话与我交谈，普通话显然不标准，有时候多说几句，又说回广州话了。我有时间也学着用广州话跟他交谈，可是我这不咸不淡的广州话，有时他听不懂，我只好说普通话了。我想，他对我讲普通话，是对我的尊重，我想，我用广州话与他交谈，也是为了大家不见外。人是有情感的动物，相互尊重很重要。

森哥的腿有一点儿不方便，走路走不快，可是他几乎不缺课，每周二早上准时到。听说他家住在芳村，要来海珠区这边上课，可能要转几趟车才能到达学校。去年好像有一次森哥没有来上课，林班长说他不舒服，请假了，我们问班长，他哪儿不舒服？林班长笑笑说感冒了。再过一周，森哥就来上课了。

同学们学习小提琴都很认真，森哥也不例外。拉提琴需要用肩与下巴夹住，左手手指按弦，右手拉弓，要记谱，听音。左右手开弓还需用脑，真像全身运动一样，我想这是防止老年痴呆的好办法。森哥特别用心地为大家做的一件事，就是每当老师教新曲给我们示范演练时，森哥立刻拿出自己的手机把它记录下来，然后回家编辑完，发到群里，让大家业余时间反复学习揣摩。班里并没有给谁布置什么任务，但他每次都这样做。他为大家服务的精神，感动了我；他对音乐的热爱，鼓舞着我。每当我自己不想坚持学习下去的时候，眼前就跳动着森哥的身影，跳动着班上同学们的笑容，我应该向大家学习这种精神。明知道我们不可能成为小提琴演奏家，却还要去努力学习。我想这是大家对音乐的热爱。也许音乐不能解决我们的温饱问题，也许音乐不能给我们提供物资，然而，音乐会让我们的灵魂得到升华，音乐会让我们安详平静，音乐会让我们在自己的旋律中，忘记烦恼，享受艺术的魅力。

前一阵子，森哥在群里发了一个视频，令我振奋，那是一个表演的视频。重重的鼓声开始，随着粤曲声，可见两位女士高唱粤曲。那鼓声如雷震耳，节律明显，轻重相间，伴奏音乐与唱曲声，婉转动听，鼓声恰到好处，似指挥千军万马般，铿锵有力。那击鼓之人，仔细一看，竟是森哥。见森哥坐在那儿如泰山般，双手持槌，随音乐声，抑扬顿挫地敲着。如春雷一般，大雨、小雨及细雨声，声声扣人心弦，我们的森哥竟有如此的粤曲功底，真令人佩服。当时，我看了后，被那击鼓声振奋，心潮澎湃，毅然写下几句诗句：

鼓声似春雷，
划破穗夜空。
伴奏粤曲美，
声声振心灵。

我们小提琴班真是和谐的集体，林钟岩班长助人为乐，默默为大家服务。每一次上课后，她都会告诉那些没有来上课的同学，今天老师给大家讲过的内容，并且让大家做好复习的准备。出身医学世家的王宇雄待人诚恳，他年轻的时候就学习小提琴，因为工作忙，把小提琴放下了，如今又重新拿起来，为的是实现自己的音乐梦想。吴锦超是个热心助人的人，谁有困难找他，他总是笑嘻嘻答应。有音乐天赋的周树荣，几十年前就热爱演奏小提琴，生活繁忙让他暂时放下，现在重新拿起琴，为了自己儿时的梦想，为了青春的追求，为了实现人生的价值。更有意思的同学是李小婉，她是个素食者。她心直口快，说话令人茫然，认为不管上帝，还是佛祖，只要自己有爱心就可以。有一件令人感动的事，是韩老师夫妇组织的"锯木"演奏团去广州市福利院演出，她申请捐款并亲自去现场看望福利院的孩子们。爱心不在大小，随时随地都彰显善良。我们班的黄穗兄弟，对小提琴颇有研究，琴的音色、制作及价位，从不厌倦与大家分享。我们班同学有太多的故事，只因拙笔难写清楚，片纸难书完全，真的就像窗外的木棉花，每朵都有不同的颜色，每朵都有不同的姿态。同一棵树，难找同样的花朵。这就是世界的奇妙，世界的灵性。

　　窗外的木棉花开了，在这百花盛开的春天里，伴随桃花、李花一起盛开。人们也许去郊外踏青，相争一睹人面桃花的风采；人们也许会去田野，领略一下油菜花风韵。可就在我们的窗外，硕大的木棉花，开得如此娇艳。木棉花，是仅在南粤大地上盛开的花朵，是广州市的市花。难怪木棉花，显得那样质朴，那样和善，那样挺拔，那样内敛，就像广州人一样的性格，无须矫作，无须张扬，无须他人评判。森哥就像窗外木棉树上的一朵木棉花，我们小提琴班的同学，个个都是木棉花，我们就是广州古老的木棉树上盛开的一朵朵的木棉花。

霍公子瓷馆之夜，艺术家生日派对

　　节日期间，黄隽先生从微信中给我发来邀请，请我参加5月2日晚在广州环市东路丽柏广场二楼霍公子瓷馆举办的"锯工"先生黄隽小提琴演奏家的生日派对。当时，我们全家在四会度假，没有及时看微信。到了晚上，黄隽先生又发来微信。我发现后内心有些不安，赶忙回复他，担心迟回微信，被视为不礼貌。

　　回微信后，我静思片刻，有两个让我疑惑不解的问题。一是霍公子瓷馆，此名有点陌生。也许自己孤陋寡闻，在广州生活几十年从来没有听过这个地方，为何叫瓷馆，令人费解。二是黄隽先生是一位小提琴演奏家，自嘲为"锯工"，是艺术家中为数不多的幽默人，他的生日派对是什么样的呢？我一定要去见识一下。

　　我参加了国内外不少活动，这次活动注明要正装出席。我不敢马虎，穿上西服打上领带，准时前往。我想参加什么活动都不要迟到，否则是对邀请者的不礼貌。不过，广州这样的天气，穿上西服，路上真有点燥热了。

　　六点半不到，我就到了丽柏广场，到二楼一看几乎都是商店。正犹豫时，向左侧一看，有一间透明玻璃落地墙体的大厅，门口放了一个"'锯工'黄隽派对"的广告牌。我确信就是这家了。走进去后，见厅堂布置艺术化，鲜花、油画及瓷品错落有致地安置在不同位置。厅内放置了一排一排西餐台。进门左侧墙上，用投影放出了这次活动的主题幻灯片。放大的红色小提琴，"锯工"两个行书字体，整个画面跳跃在我眼前，给人巨大的视觉冲击。左侧还放置了一台白色三角形钢琴。整个气氛一下子以艺术家的风格渲染开了。活动的主角黄隽先生正站在那里，我赶忙前去祝贺生日，并与他在这个背景下合影留念。

到了这样的霍公子瓷馆，我的好奇心迫使我马上就要问霍公子瓷馆的来龙去脉。一位店内资深人员告诉我，一位姓霍的人，不愿意透露名字，故简称为霍公子，他对瓷器情有独钟，他收藏了一百多件不同的瓷器，为了让更多的人知道与了解这些瓷器，他除了办博物馆外，还有想让更多人亲密接触瓷器的想法。此时，他结交了一位D教授，D教授是从事艺术策划工作的。二人协商，决定创办一所以瓷器为主题的艺术家交流的场所，因此，就创办了这家霍公子瓷馆。

这真有点意思。我想，说它是瓷器展览，地方太小，展品极有限。说它是艺术之家，它有钢琴，有幕墙加音响设备。它的厅内摆了餐台，实际上也是餐馆，经营着西餐。因此，我想，它是可供艺术家小聚之处，是艺术家举行小型音乐会之处，是一个以瓷器为主题、功能多样化的西餐厅。

　　霍公子瓷馆，既然称是瓷馆，一定是以瓷器作为装饰的主旋律。

　　我环视了一下，右侧墙壁上悬挂着一个个小玻璃台，玻璃台里面放着形态各异、大小不同的瓷器，有青花梅瓶，有粉彩球瓶等。我是外行，也不知道这些称呼是否确切。左侧钢琴前侧方有一开放圆柱柜，柜上面一层一层放了许多个没有上釉的白色毛坯瓷瓶。看来主人家特意突出瓷器这个概念。

　　大厅里面放了几张长餐台，靠厅后面有一间厢房。厢房与大厅之间是用厚玻璃隔开的。因此，从外可见厢房内一切陈设。我从厢房旁边的门走进了厢房。厢房后墙正中挂了一个硕大的青花龙盘，我估计了一下，可能直径在1.2米左右。一条巨大的五爪青龙盘踞在青花盘内，盘内周边几圈青花连枝纹装饰。整个盘古朴、典雅。我想，古代龙盘是不能随便挂的，皇帝居所方可悬挂有龙的物件。因此，这个龙盘显得气势磅礴，浩气威严。工作人员告诉我，原来烧制了两个尺寸一样的青花瓷盘。一个是龙盘，另一个凤盘。由于厢房后墙尺寸有限，因此，现在只能挂这个龙盘了。

　　这对龙凤青花巨盘，系江西景德镇古窑烧制，尺寸如此之大，青花如此之艳，也实属世界罕见之物。厢房内放了一张长方形餐桌。厢房与大厅相隔的玻璃壁下方也摆了几个大的瓷瓶。其中一个瓶外表带有西方彩色装饰，据说此瓶是从海外流回来的物件。

　　晚上七点许，生日派对会开始了。霍公子瓷馆总监介绍了瓷馆的来历。正如前面了解的情况一样，是一位姓霍的公子，与新加坡籍 D 教授共同创办的。他们在幕墙上的一张幻灯片说明了他们初衷。他们说，一个简单的"瓷"字，可延伸为三个极简单的字，代表三个不同的含义，即，瓷、痴、吃。

从他们那些所谓简单的字的意义中，我想，应该从中间那个"痴"字着手来思考。一个对瓷器有着痴心的人，遇上一位有美学造诣的人，开了一间以瓷器为主题的西餐厅，作为艺术家聚会的会所。这是我对霍公子瓷馆的诠释。

此时，已超过晚饭时间，大家可能都是饥肠辘辘。接着就是进餐时间了，据说这次菜，由新加坡三星米其林副总厨亲自主厨。我吃完后，觉得其中摩洛哥风味的扁豆汤味道颇佳。事情竟如此巧，坐在我身旁的就是那位新加坡的 D 教授。我稍微观察了一下这位 D 教授，他古铜色微胖的脸蛋，饱经沧桑的五官显出东南亚特色的居民模样。他留有男式长发，梳在后脑用皮筋扎成马尾状，富有浪漫的艺术家气质。D 教授穿着一件特长的白衬衣，布料类似麻料，所谓特长，是指衬衣长至臀下。他穿着一条短裤，双足踏一双有花造型的拖鞋。因为灯光较暗，对以上描述不知是否确切。我穿着黑西服，系了领带，与他相比之下，好像是来自不同季节的人。我不敢恭维他这样的装饰。他用带着南洋腔的普通话，侃侃而谈，谈他的艺术思维，谈他的经历。他告诉我，他在上海某大学教过美学。我想这是大家都叫他 D 教授的原因吧。

坐在我对面的中年男士，颇有绅士风度。他穿了一件浅色西服，没有系领带。他告诉我，他是美国驻广州总领事馆文化艺术工作人员。他是浙江宁波人，学英语专业的。他话语不多，我与他仅礼节性地进行了一些交谈。

晚餐后，由生日派对的主角黄隽演奏家登台表演。首先，他请来星海音乐学院一位青少年为他进行钢琴伴奏。他演绎了几首古典小提琴曲，他那熟练的手指，犹如快马奔腾在小提琴指板上，真是古典音乐也疯狂。他的音乐把我们带到辽阔宇宙，穿越了时空，古典音乐的旋律在当今社会一样可以震撼心灵。

黄隽先生解释得好，古典是历史，在当时也就是最美的流行音乐，经过历史沉淀，经过时间的洗礼，那些当时的流行，就是如今的古典。这些古典音乐是精品，经过历史长河冲刷，大浪淘沙始得金，是艺术上不可多得的赤金。古典音乐真是人类社会的精神财富。

在生日派对上，最让人动容的是黄隽与夫人韩悦的小提琴合奏了。韩悦老师身穿殷红色长裙，在灯光下，楚楚动人。他们的演奏，珠联璧合。这一对演奏夫妇，事业上共同奋斗，爱情上如此甜蜜，家庭上如此幸福。他们给大家演奏了小提琴曲《马扎斯浪漫曲》。那浪漫的旋律亲切委婉，那悦耳动听、沁人心脾的声音优美动人。尤其是两把小提琴相互呼应对拉时，更显得如此亲切，真像一对小夫妇窃窃私语，毫无矫揉造作的纯真。

黄隽先生还给我们介绍了现代行为艺术——"4分33

秒"。他在琴谱架前，摆好拉小提琴的姿势，一动不动地坚持了4分33秒。大家静静地看了4分33秒。事后黄隽给大家解释，他摆出拉小提琴的姿势，而不拉琴，这是让人们看到没有声音的演绎，让人们通过这样的演绎来想象表演之外的东西。让拉琴的姿势与状态，引导人们对音乐以外有更远、更多的想象。我是门外汉，这些只不过是我个人的理解罢了。

晚会上，我见到了黄隽先生的母亲以及儿子。儿子天真无邪，童真好动，多次跑到自己父亲身边玩耍，面对生人也毫无惧色，真是一个可爱的小宝贝。这也说明黄隽先生的父爱如山，不愧是个年轻的好父亲。黄隽的母亲看起来很年轻，她有着一头带卷的长发，身着深色长裙，显得如此的优雅。她的亲姐妹与她坐在一起，两人长相十分相像，其乐融融。

这是一个特殊的生日派对，也是一个艺术家的生日晚会。这是黄隽演奏家的小提琴独奏晚会，也是黄隽与韩悦夫妇幸福一家的聚会。

我认识黄隽先生有一段时间了。这位阳光帅气的年轻的小提琴演奏家，给我的印象非常深刻。艺术对很多人来说，有点陌生，有距离感。其实不是这样，艺术就在你身边，艺术就在你身上，就在你的生活里，只不过你没有发现，没有意识到罢了。比如说，你劳动时哼的小曲，你身着的衣衫，你房屋的装饰，甚至你桌上的摆设，都可以赋予艺术之光。对于我们普通人来说，只要懂得了艺术，我们就可以在生活中享受艺术，从中体现艺术的魅力。

　　黄隽先生对艺术的追求是执着的。他执着地向普通人宣扬古典音乐；他执着地用音乐教育儿童，引领他们对小提琴的热爱；他执着地到许多社会慈善机构中去，用他的音乐用他的艺术去关爱他们。

　　一个人做任何事情，无论大小，坚持不懈地努力，不停地奋斗去践行，这需要一种精神。这种精神就是对社会的担当，对社会的责任。黄隽就是这样的一个人。

　　一个艺术家的生日派对，让我进一步认识了他。

家和万事兴，关键在每人

114

细节体现素质

有一次，我出差从柳州回南宁，乘坐直达快巴车。由于并非客流高峰季节，大巴车上总共才七八个人。车子走到中途时，开进了高速公路服务区休息。时间正值中午 11 点左右，由于我早饭吃得比较晚，此时并没有感觉到饥饿。不过我也随大家下车，也许他们肚子饿了，纷纷去购买一些食品。

坐在我前面位置的一位旅客，是个中年人。从他的穿着来看，还挺体面的。他穿了一件休闲西服，戴着一副眼镜，梳着两边倒的小分头。看样子像一个人们所谓的"白领阶层"的人。他在我的前面，随大家一起下车。

不一会儿，休息的时间到了。旅客们陆陆续续上了车。那位中年人，最后一个快步也上了车。他显然买了食物吃，还没有吃完。他上车仍然坐在我的前排。汽车开动了，他在车上继续吃他的食品。他买的是油炸食品，一阵阵油炸香味弥漫在车厢内。没多久他吃完了手中的食品，把包装的纸与塑料袋揉成一个纸团，向车内的垃圾桶丢去。结果没有丢中垃圾桶，纸团掉在外面，他没有理睬，接着他发现双手仍然是油乎乎的，于是做了一件令我惊讶的事情，他用他的双手，在他前面座位靠

115

背上的那个白色的背垫上，使劲擦他的双手，还反复看自己的双手是否擦干净。而那白色背垫上留下了他手上的油迹。我真想去说他几句，但欲言又止了。中国人的传统思维——"只管自家门前雪，不管他人瓦上霜"在我脑海中出现了。在外不多管闲事的思想使我没有勇气去说他。

事后，我把这件事告诉朋友，朋友都说这样的人，素质太低，但没有谁指责我没有去管这件事。时间过了很多年，生活中许多小事情都忘记了，可这件事一直在我脑子里盘旋。

素质是指什么？

在一次朋友的餐桌上，不知道为什么，一下有人提到素质是什么这个话题。当时有一位老总说："素质就是当一个人打破了玻璃瓶，然后用纸包好，在上面写上几个字，'碎玻璃注意不要伤手'。再放垃圾箱里，按分类放。这就是一个人的素质。"

我听了以后，没有理由说什么。他说的事情如此小，处理过程中的细节都为下一个接触的人着想，从而说明素质是体现一个人生活中每件小事情的细节特点。这是体现高素质人的思维及细节，而我遇到那个人则是低素质人的细节表现。因此，我想素质是每个人生活中在细节上表现的一种行为，细节体现素质。

素质的定义是什么？我觉得自己还不是太清楚，为了准确起见，我查了两本书，一本是《心理学词典》，另一本是《现代汉语大词典》。

《心理学词典》是这样描述的：素质——人的先天解剖生

理特点。主要是神经系统、脑的特性以及感觉器官和运动器方面的特点。素质是心理活动发展的自然前提，离开这个物质基础就谈不上心理的发展。如生来或早期聋哑的人，难以发展音乐能力；双目失明无法发展绘画才能；严重的早期脑损伤发育不全的缺陷使智力发育障碍，如无脑儿生来没有正常脑髓，因而没有思维的活动。但素质只是人的心理发展的生理条件，不能决定人的心理内容和发展的水平。人的心理活动是在遗传素质与环境教育相结合中发展起来的。近期研究认为，素质同脑和感官的微观结构有关，尤其是同大脑皮层细胞群的配置、神经细胞层结构的个体特点有关。

我看完上述的解释之后，大为疑惑，好像与我们平常对素质的认识有点对不上。

《现代汉语大词典》则是这样解释的：①指事物本来的性质：身体素质。②素养：提高军事素质。③心理学上指人的神经系统和感觉器官上的先天的特点：心理素质。

看完《现代汉语大词典》的解释后，我静思了一会儿，非常明显，《心理学词典》中的素质是指心理素质。而我们平时讲的素质是指素养。素养就是平日修养，类似文化素养的说法。通常有一种说法，叫素质教育，它是指提高全民素质以适应社会主义现代化需要的教育。

好，弄清素质的概念，那么素质教育也是至关重要的事情。因为素质的高低体现一个人的修养，集合一群人又体现一个国家的文明程度，大多数人的表现有可能显现出一个民族的品质。

　　素质是很难用一个统一标准来衡量的。多数人给别人评定素质，只是每个人对别人的总体印象而发出的评价。素质包括一个人的方方面面，最多见是行为举止、说话态度与方式，衣着整洁以及待人接物方面。而这每个方面，其实都体现于细节上。从这些细节就可以体现一个人素质的高与低。就像前面说到的那个中年人，从他的衣着外貌上很难一下子判断他素质的高低，可是当他吃完食品，把他有油的双手往车上座椅靠背的布垫上擦时，就体现出他的低素质了。座椅靠背的布垫是公共财物，一个破坏公共财物的人，能说他素质高吗？一个单位的领导，到其下属的办公室去，门也不敲，撞门而入。这样的领导凭借自己的地位，基本的礼貌都没有，你觉得他的素质会高吗？也正如那位老总告诉我们的故事，打破玻璃瓶，不是随意扔掉，而是用纸包好，在上面写上文字，不至于伤害别人，这就说明这个人是为他人着想。一个为他人着想的人，是经过教育培养出来的高素质的人。

　　细节无处不在，事事体现素质。只有认识这些，在生活中注意这些，我们一定就可以成为一个高素质的人。只要我们每个人都努力做一个高素质的人，我们国家的文明程度就能得到更大的提高，就能彰显我们中华民族的优秀品德。

跨越大海　巧遇基督

　　当你要去一个陌生的地方，去之前内心总有些忐忑不安。因为那个地方对你来说，事事都是未知数。尤其你要一个人单独去国外学习，这个时候，你多么希望得到当地人的帮助。我的人生经历中，就遇到过这种情况。那是 20 世纪 90 年代初，经过联系，澳大利亚墨尔本大学皇家墨尔本医院同意接受我去做访问学者。我买好了从广州飞往墨尔本的机票。

　　我从来没有去过澳大利亚，而且也是第一次出国。

　　事情竟有这么巧，就在我准备去澳大利亚的前三个月，我在工作的单位广医二院碰到了一个患者，竟是从澳大利亚来的。那个人是东帝汶人，在墨尔本居住，他的妻子是广州人。春节期间，他们夫妻从澳洲回广州探亲，洗澡时男人因头晕摔倒了，头部受伤发生短暂昏迷而送来广医二院神经外科，而我是他的主治医师。经过医治后，他逐渐康复了。他夫人经常来照顾他，跟他们聊起来，我知道他们居住在墨尔本，于是就告诉他们，再过两三个月我可能要去澳大利亚墨尔本大学学习。他们听了很高兴，说到时候要去机场接我，我听了也很高兴，当即表示非常感谢。难事遇贵人，解决了担忧之事。

　　那天，我从广州登机，经过十几个小时的旅程，带着疲倦的身躯踏上了墨尔本的土地。经过一系列烦琐的手续，取行李后用旅行车推着，走出墨尔本机场。墨尔本机场不算太大，可毕竟我初次出国，对陌生的异国他乡总是感觉不一样。此时，我推着行李在机场出口处彷徨，内心忐忑不安，那位"东帝汶人"会来接我吗？我四处张望，根本看不到什么接我的人。无奈，我就推着行李车在机场门口转悠。这个时候，一个男人牵着一个小孩走到我跟前，问："你是从广州来的吗？"我眼前一亮，这不就是那个"东帝汶人"吗？我的心顿时就欢快起来了。因为有人接，我忐忑不安的心也放松了下来，总算不用自己一个人在陌生国家来回探索了。

　　接下来一周，我暂时借宿在他们家里。我到墨尔本的第二天，急着去医院报到。我想，经过两天的适应，自己对墨尔本这个城市的方位应该有了初步认识。吃了中午饭，我就一个人去皇家墨尔本医院，到医院找到神经外科秘书报到。然后，趁报到结束之后的空余时间，我到医院前前后后转了几圈，目的是熟悉周围环境。等我转完后，我想，怎么才能回到借宿的地方呢？我有点犯愁了。刚来澳洲，钱还没有兑换，就是有钱也不知道坐哪路车回去。我思虑一番，决定走回去。我沿着一条大路独行，国外就是这样令人讨厌，除了市中心商店较为繁华，其他地方都是人烟稀少的。尤其是在马路上，走路几乎很难碰上一个人。我向我居住的地方走去，走着走着，觉得路程并非那么近。我加快脚步，不知不觉走了一个多小时。我想，离我借住小区的路程最多走了一大半。天渐渐有些暗下来了，我走得有点累了，内心也有点恐慌。走着走着，我看到马路旁有一座教堂，那教堂门是开的，里面有灯光透出来。我走到门口，向教堂里面张望，只见教堂舞台上有几个人，他们在上面比划着安排什么活动，台下一排排椅子空着的。显然教堂没有进行什么宗教活动。由于走路累了，我决定在最后一排椅子上坐一会儿休息一下再走。我坐了一会儿，台上的人没有理会我，继续他们的工作。又过一会儿，一位女士从过道向我走来。我看她好像有四十多岁，高高的鼻子显示她不是亚洲人。她用英语问我有什么事，我用蹩脚的英语回答她，没有事，只是走累了休息一下。接着，她跟我聊了起来。她问了我从哪里来的，从事什么职业等通常初次见面交谈的问题。最后谈到教堂，她告诉我，星期天可以来教堂参加活动。她强调我这个星期天一定要来，她准备了几本书给我看，我被她的热情和执着感染了，答应了她这个星期天一定来。

到了星期天，我差点把这件事情给忘了。后来记起来，我想既然答应人家去教堂，我就不能失信。星期天上午，我就一个人去了这座教堂。到教堂一看，人还不少，多数是高鼻子的，也有好像中东模样的人。不一会儿，那位女士来了，手中捧着几本书，她对我笑了笑，讲了许多教会的事。我的英语也好不到哪里去，一半听懂了几个单词，一半带猜的，大体的意思知道一点。语言在当面交流的情况下，加上肢体的表现力，大都会明白一些。最后，她送了我三本书，都是有关基督教方面的，其中有一本是新书，连包装的塑料皮都没有撕开。我对她表示了感谢，这是我踏上澳洲土地后，第一次巧遇基督。

到澳洲一周后，我就搬到医院进修学生楼去住了。我再也没有机会去那座教堂，再没有见过那位女士了。我猜，她有点像东欧来的移民。不过，她认真地告诉我，她是澳大利亚人。这些只不过是我自己的臆想罢了。

我在墨尔本待了几个月后，对这座城市逐渐熟悉起来。为了省钱，我又从医院进修学生楼搬了出来，与四个中国留学生一起合租了一栋别墅。工作日大家各自忙自己的事情，周六则结伴去市场买一周的食品。有个星期天闲得无聊，有人提出一起去教堂看看，说我们住处不远处有一座古老的教堂，建议大家去看看，一来与外界接触，增加英语沟通能力；二来看看宗教仪式，听听牧师讲讲圣经。

自从那位女士送三本书给我后，我闲得无事的时候，也经常拿来翻阅一下。我了解到基督教分三大派别：基督教（新教）、天主教和东正教。基督教主要以英国等国为主。东正教较为激进，以东欧国家为主。天主教则以意大利罗马为主。我只知道天主教与基督教在对圣母玛利亚的认识上有不同观点。天主教认为玛利亚是圣母，在教堂进行礼拜的仪式也很讲究，牧师要穿教袍，要用香炉。我们也雾里看花，不甚了解。不过读圣经，也了解到圣经里关于诺亚方舟，和平鸽叼橄榄枝的故事。

就这样，我们星期天无聊时，就经常去附近的教堂玩玩，观看教堂的宗教仪式。我们附近有一座比较古老的教堂，是基督教圣公会派。据我所知，三大教会都有无数的派别，一般人很难弄清楚。我们来到教堂，选一个自己认为适当的地方坐下来。牧师会给大家讲圣经，大家努力听他用英语讲解，其中大部分内容我们听不懂。我们极力捕捉一些自己熟悉的单词，来推断牧师讲的内容。礼拜的仪式中，参加的人都要捐钱。到时会有一个小篮子，从第一排开始传递。如果你想捐钱，往里面放就可以了。每个人都要传递。你也可以不放钱，然后把篮子递给下一个人。一切都是自愿，不作强迫与规定。

墨尔本的教堂非常多，比商店与银行还要多。我们在墨尔本住的时间久了，自然就与当地侨民有来往。在墨尔本医院麻醉科工作的余刚，就是来自湖北的。我几乎每天都要去手术室，自然跟他慢慢熟悉起来。有一次，他问我，愿不愿意参加他们的教堂活动。我回答他，可以去见识见识。我们在墨尔本没有车，余刚就开车接我们去他们的教会。他们的教会没有专门建筑物，好像利用一个礼堂作教会。那天，他们教会组织自己会员演了一些有关圣经故事的节目，有一点像活报剧。中午时刻，大家一起吃饭。吃饭形式很有意思，每个教会成员，每家准备两个菜从家里带来，然后放在一条长桌子上，大家自由选择，跟自助餐一样。如此一来大家吃的菜就是百家宴。我们单身参加的外来人，自然只有吃别人做的菜啦。除此之外，还有饮料喝，熟悉的人在一起边吃边聊天，大家像一家人一样。

之后，我们参加过一次很有意思的教会活动。那天，在南京东南大学学工程的秦利江，是与我们住一个房子的男生。他告诉我们，星期天墨尔本大学学生会有一些活动，要我们陪他一起去。

　　星期天，我们一行4人，来到墨尔本大学一间会议室。我环视了一下，来的人不多，总共有十几人，其中还有三个黑人朋友。开始前，大家三五成群在聊天。片刻，一位女士用英语向大家宣布说，今天的活动主题是"非洲日"。然后向大家介绍黑人朋友，他们叫什么名字，我听完就忘记了。接着，他们给大家表演节目。一位弹吉他，另外两位边唱边跳，看起来挺不错，很有非洲民族音乐舞蹈特色。我们也被感染着按节奏拍着手，大家都沉醉在欢快的音乐之中。黑人朋友表演完以后，主持人又宣布，今天中午由三位非洲朋友为大家做非洲美食。然后，这三位就开始忙碌起来，为大家准备午餐。其他的人被教会的人拉在一起聊天。我们几个人当然也不例外，来了两位女士，简单地问了一下我们的情况，拿了几本中英对照的圣经给我们看，她们耐心地给我们讲一些教会的事情，并请我们参加她们的教会。我告诉她们，我在澳大利亚只待一年的时间，现在都过去半年了，加入教会就没有必要了。她们对秦利江比较感兴趣，反复跟他谈，也把那本精美的中英对照的圣经送给了他，但秦利江也没有表示要参加她们的教会。

　　时间过得很快，到午饭时刻，黑人朋友已经把食物准备好了，我们排队用一次性小饭盒来取食物。食物很简单：米饭、稀黄色含有鸡块的菜，我们真不知道应该把这个菜叫什么名字。我取了一团米饭，盛上了一勺黄色的菜泥。怕味道不好，小心翼翼地盛上了一小勺。幸好看到旁边还有辣椒酱，赶忙加了一点辣椒酱。盛完饭后，走到一边开始吃起来，米饭很香，米质很好。再吃一口菜，哇，味道相当不错，鲜美可口，我很少吃过如此美食，而这道美食还不知道菜名，且出于非洲朋友之手，真是令人惊讶。最后，尝了一下辣椒酱，相当辣，十分纯正，令我终生难忘。

回国后没有时间，也没有机会接触教会的人了。据说，圣经是世界上印刷数量最多的书籍。

信仰，信字之义；相信，对事物的相信。仰字之义，仰望，对事物视角向上。宗教为众多的信仰活动之一。我不赞成功利性地选择信仰。在佛祖面前有人燃一炷香，求佛祖保佑他升官，保佑他发财，或者保佑他早生贵子。这是以求信佛，心不诚，则不灵。求佛不是信仰。

我在澳大利亚，短暂地接触了宗教，对此了解甚少。因为生命的时间有限，世界上需要做的事情太多，每个人的选择各有不同。

家乡的味道

　　"小时候，乡愁是一枚小小的邮票，我在这头，母亲在那头。"这是台湾诗人余光中先生的名句，已被众人传颂很久了。他能够写出这样的名句，是特殊的历史环境造就的。以前海峡两岸对立，人们不得相互来往，在这种情况下，诗人思乡心切便写了诗篇《乡愁》。

　　家乡是什么？家乡就是祖祖辈辈生活的地方。那儿有你的童年生活，那儿有你上学的同学，那儿有你童年的玩伴，那儿有你吃过的小吃，那儿有你熟悉的地方，在那儿你能说一口流利的当地方言。这一切都是你家乡的味道。

　　家乡的味道使人终生难忘。

　　我的家乡在江西南昌。南昌有一品点心，叫"白糖糕"，我记忆犹新。它是用纯糯米粉泥制成扁圆圈，然后放到热油中去炸成金黄色，趁热把它掏起再放到预先备好的碎米似的香料中滚几滚，让糯米圈全身粘满带白糖的碎香料，金黄色的糯米圈外面裹了一层白外衣，因此叫白糖糕。白糖糕吃起来外香内脆，糯甜，十分可口。我们小的时候，要想吃上一个白糖糕并非一件容易的事。除非有亲戚朋友请客，上茶楼喝茶才有可能吃上，这是童年的记忆。现在我离开南昌已经20多年了，许多事情有可能忘记了，但南昌白糖糕的香甜味至今令我难以忘怀。

我很久没有回老家了，也很久没有吃南昌的白糖糕了。我上次回南昌，吃饭的时候，我特意点了一份白糖糕来尝尝。当服务员把它端上桌的时候，我发现白糖糕个头小了一半。我开玩笑对当地朋友说："这个白糖糕比我们小时候吃的要小多了，是我长大了，而白糖糕变小了；还是物价涨了，它个头就小了？"朋友笑着说，物价涨了，它变小了。我夹起一个尝尝，味道不错，还是那个味，那个童年记忆中的味。

家乡的味道，记忆犹新，南昌点心除了白糖糕，还有一品点心，叫"麻圆"。麻圆也是用糯米粉制作成的，外面裹有很多白芝麻，所以称麻圆。制作麻圆有一种很奇特的现象，下油锅炸之前，那东西不怎么大，是个实心球体，把它放到锅里后，操作者不停地按压它，它随之膨大，等膨大后捞起来。麻圆不但膨胀得很大，而且中间变成空心的了，因此，吃起来十分香甜。

其实，南昌人早餐吃得最多的是米粉、汤粉或炒米粉，米粉少不了辣椒。说起吃辣椒，四川人爱麻辣，贵州人爱酸辣，湖南人不怕辣，江西人辣不怕。江西人普遍喜欢吃香的喝辣的。传说红军时期，吃饭缺菜，炊事班战士用地瓜叶加三粒辣椒做菜，吃得全班战士辣得发跳。

南昌的米粉，我儿时的记忆。我几次回南昌都想找那家米粉店，但是时过境迁，儿时记忆中的米粉店早已不存在了。

我记得洪崖桥有一家米粉店，制作米粉的方法比较原始，在店里都可以看到全过程。小时候路过这家店时，就是不吃米粉也要看一阵子。店家首先把米磨成浆，然后把米浆过滤成米泥，将米泥蒸熟，接着把一块米泥放在一个容器内，容器放在压榨机上，人用一根大柱子，利用杠杆的原理，把米泥从容器下的细孔挤出来成为一条条的米粉。小时候好奇，看见店家如此忙乎制作米粉，十分欣喜。用挤出来的米粉放在滚水中烫一下，加入调料，放上几片猪头肉与花生米，少不了要加点辣椒，便成了一碗特别风味的南昌米粉了。那米粉吃起来爽劲、鲜美，再咬一口肥而不腻的猪头肉，令人开怀享受。可是南昌大街小巷再也找不到这样人工压榨出来的米粉店了，再也尝不到那爽口的猪头肉了。这是儿时的记忆，是家乡的味道。

南昌人除了这些小吃外，儿时记忆里还有两道菜是不能忘怀的。一道菜叫"粉蒸肉"，那是我母亲为家里过年必须准备的一道菜。肉要用肥瘦相间的五花肉，米粉要先把米与五香、八角等香料一起放在锅里炒成金黄色，然后把它磨成粗颗粒，把五花肉用这样的米粉裹起来，放在蒸笼上去蒸，蒸前大碗底垫一些生菜或芋头片。裹五花肉的米粉要调成干湿恰到好处的程度，这样蒸出来的米粉不干不湿，五花肉吃起来肥而不腻，十分爽香可口。

还有一道菜叫"藜蒿炒腊肉"。先说藜蒿，它是江西鄱阳湖里的一种水草，不知什么朝代开始把那种水草弄来做菜的。

老家流传这么一句话，"鄱阳湖里的草，南昌桌上的宝"，就是指这道菜。藜蒿草只选杆子做菜，它有一种特有的草的清香味，不过有的人不喜欢这种味。这道菜为什么一定要用腊肉来炒，我也不知道，也许是习惯使然吧。炒这道菜一定要放辣椒，还要加一些韭菜作辅料，否则，味道就不怎么正宗了。

现在广州的江西菜馆也可以吃到这道菜，不过藜蒿已经是人工种植的了，相比之下，那种特殊的清香味就差得远了。

儿时的记忆，就是家乡的味道。为什么我反复强调儿时的记忆呢？我觉得只有儿时留下的记忆，才是深刻的、终生难忘的记忆。家乡，在那出生，在那里长大，那里的一切就是家乡的味道。我离开江西近 30 年了，虽然经常短暂地回去，但毕竟生活在广州，这使我想起一首唐代贺知章的诗："少小离家老大回，乡音无改鬓毛衰。儿童相见不相识，笑问客从何处来。"我现在就有种感觉，除了一些亲戚、老同学，余下的一切都逐渐变得陌生。那城市在变，那里的人们在变。我想变是绝对的，不变是相对的。就是那些亲戚，那些老同学也像我一样变老。回到南昌，去寻找家乡的味道，然而那些味道也在变。后来，我有感而发，写了一首诗以抒心头之痒："乡愁梦绕魂牵家，食欲泪滴味道佳。走遍世界无家味，儿时记忆乡情挂。"

亵渎爱心

我在南宁工作的医院，叫瑞康医院，实际上它是广西中医科大学附属第二医院。当时龙院长不愿意当二医院的头，就把名字改为瑞康医院。医院就在南宁老火车站附近，从医院门口一条路拐出来就是南宁的朝阳路，朝阳路正对着南宁火车站。我住的地方离医院不远，是医院的家属区，在朝阳路背离火车站方向走十几分钟就可以到。因此，我下午下班，没有事的时候，就会一个人走回去。一来走路锻炼身体，二来逛逛街消磨时光。如果要走回宿舍，一般朝阳路是必经之路了。朝阳路是南宁老城区一条著名的街道，许多人去火车站都得经过这条路，因此，马路两旁商店林立，人来人往，是人员密集的区域。

那天我下班后走朝阳路回家，看到许多人在那里围观，出于好奇，我停下脚步探个究竟。我从人群中伸头向里一看，只见一位女子，好像是孕妇，挺个大肚子跪在那里，她前面放了一张写了许多内容的纸，因为我离得远，纸上内容看不清楚。好奇心驱使我向前挤了挤，挤到前面，蹲了下来，我阅读了一下纸上写的文字，大意是女子是孕妇，广西某农村的乡村老师，丈夫因病逝世，经济拮据，请求援助。在她身边放了一个红本子，是她的教师资格证，同时还有她丈夫的死亡证明书。

哦，原来是这样一件事。恻隐之心使我犹豫一下，我拿起她那本教师资格证书红本，稍微看了一下，我没有能力鉴别其真假，但看见写得清楚，盖有公章。这是中国人信任的红色印章，看完后，我内心充满同情，掏出口袋的皮夹，拿出20元放在她的盒子里，便起身走了。虽然钱不多，但我想滴水成河，大家都帮助一点，也许可以帮助她渡过难关。

事情就这么简单，我内心也像吃了糖一样有一丝甜的感觉。隔了两天，我就把这件事给忘了。忘记是两重意思。忘了一些事情，才能记一些事情，忘本身也是对人大脑功能的保护。如果一个人一辈子什么都不忘，也会出麻烦。脑容量装不下不说，点点滴滴都记得清楚，也许你就无法生活下去了。

两天后，医院的同事说，《南宁晚报》有一则消息，在南宁市朝阳路上有一女子假扮孕妇求路人帮助，警方发现女子用枕头放在衣服内假装孕妇，欺骗路人，骗取钱财。她的教师证书也是伪造的。我听了内心有一种不可言表的苦涩，更不好意思说自己的经过，我想我的爱心被亵渎了。尽管钱不多，但我确实被骗了，我的善良之举，在她看来或许非常愚蠢。我有一种腹中吞了一颗枣一样的不舒服之感，至今只要想起此事，我心头就有种说不清的不快。

时间是医治心灵创伤的一剂良药，我记不起这是哪位哲学家的名言。过了几个月，随着时间逝去，渐渐一切恢复平常，不过后来又有一件事使我难以忘怀。

　　同样，我从医院下班，路经朝阳路。朝阳路天天那么热闹，下班时段行人匆匆而过，旅客来来往往。这次，我看到一个小孩，他十岁左右，跪在人行道上，面前放着一张不大的纸，上面写了几个字："给我5元买饭吃"。我驻足，看了一下就离身走了。刚走两步，我停了下来。我想，小孩不是没吃饭吗？我刚好现在一个人也没有吃饭。于是我又转身走过去，对他说："我也没有吃晚饭，我们一起去吃饭吧。"他犹豫了一下，然后那张纸也不要就跟我走了。朝阳路上有非常多的快餐店，我也选了一家稍微大一点的店，要了两份盒饭。我们吃起来，我很快就吃完了。可小孩吃得比较慢，我问他从哪里来的？他告诉我从贵州来的。我也问了他一些零碎的事情。从他吃饭的情况来看，显然他肚子不饿，饭菜剩下了许多。我教育他，不要浪费粮食，他面带无奈地说，吃不下了。我知道他可能是已经吃过饭了，讨钱吃饭只是一个借口。片刻，他向我提出要求，能不能借手机打个电话。我停顿了一下，掏出手机递给他。他用方言与对方通话。尔后电话没有挂断，递给了我。我在电话中询问了对方，对方是他年龄不大的姐姐。在电话里，我向对方说了一些不痛不痒的教育的话，说完我便转身走了。路上，我想起我刚才在电话里教育别人的话，觉得十分苍白，能改变他们什么呢？能帮到他们什么呢？对这种事，只是无奈，自寻烦恼罢了。

　　以后，我告诉自己，下班回家别走那条朝阳路了，抄一条小路回去。如果要走朝阳路，速度要加快，不要驻足，穿过热闹的人群回去。人世间太热闹了，社会上发生的事情太多了，我们只是社会的一分子，你纵有一点爱心，却那么脆弱，经不起风吹雨打的。中国人有一句话，眼不见，心不烦；耳不听，心而静。不过，要做到这点，并非易事，因为你活在社会，活在人间。

光阴似箭，日月穿梭，一晃几年过去了。

现代社会是信息时代。许多信息以迅雷不及掩耳之势吹来。近几年，微信中又出现轻松筹健康公众号。我原本不知道这个公众号，后来有医院的同事家属在朋友圈求助，我的恻隐之心又萌发了。朋友圈中发这些消息给我的都是熟人、朋友，我想，这些人发的消息应该是真实的。别人有困难，大家都应该帮助一下。因此，自己也从微信中转钱过去，看不到真钱，只是个数字，转起来挺轻松的，更重要的是自己心灵获得安宁。我也不去问事情的来龙去脉，也没有必要去问，唯恐一点点爱心被亵渎。我相信朋友圈都是真诚的，这个社会太需要真诚了。

孔子说，入则孝，出则悌，谨而信，泛爱众，而亲仁。行有余力，则以学文。

孝悌是对家庭朋友，谨信是对伙伴，爱众亲仁就是对陌生人。这是我从微信中看到的一段话，我想，这话对我是教育，也希望看到这些的人，能从中获得一些启发。

人生是修行，不要问结果。

一眼望穿石——眼光

　　眼光，对这个词，我认为最能表示其含义的故事，就是赌石。也许大家听说过赌石的故事，这故事要从翡翠的买卖说起。大家都喜欢玉石中那种晶莹剔透的翡翠，可大家却不知道这些翡翠，原来它深藏在原石中，要通过赌石，才让人有可能去发现它的存在。

　　一块岩石，外表看来如此粗糙，深部是否有翡翠，不得而知。大家都来赌石。所谓赌，就是想要的人，每人出价钱。出价钱前，你会仔细观察，慎重考虑，因为这不是一般的事情。一块石头价值少则几百万元，多则上亿元。这时，最能考验人的智慧就是买石人的眼光。所以，经常有人开玩笑说："一眼望穿石。"卖玉的人都知道重要性，此时的眼光非常重要，眼光决定成败。如果看对了，就可能赚大钱。如果看错了，就可能亏老本。群众中流传了许多老板赌石的故事。赌石，表面上是看谁的眼光最厉害，实际上是考验买家的综合能力，包括他的智慧、经验、胆识。

　　智慧、经验和胆识，这些综合起来，就叫眼光。以前我也跟卖玉的朋友聊天，他们会生动地讲述整个赌石的过程，有的充满智慧，有的充满冒险。但是，不管怎么样，最后开启原石见结果的时候，就知道谁的眼光最准确，谁的眼光最有价值。

　　我听过一个有趣的赌石的故事，觉得挺有意思的，也是有关眼光的。一位老板在云南腾冲花了 500 万元赌了一块原石，开石一看，傻了眼，没有任何有价值的东西，只能当一般玉石加工，充其量也只能回收到几十万元。赌一把石头，就亏了几百万元。这位老板内心实在有点郁闷。但这有什么办法呢？只怨自己看走了眼。生意场上的得失，是经常会发生的，也只能这样安慰自己了。

　　赌石的开石，一般为了不破坏中间的结构，多是切一只大角看看。切开一看，就知道石头的情况，也就知道其中的价值了。

　　那天，刘总来到这位老板的公司。刘总也是开玉器商店的，是个女老总。她的公司不算大，但这几年来，行业里传说她的眼光犀利，看石很准确，有"一眼望穿石"的美称。她来到老板办公室后，大家喝茶聊天，自然谈到了赌石的问题。这位老板抱怨自己赌石失败，亏了几百万元。他们聊着天，喝着茶。后来，刘总不经意发现有一块石头，石头放在这位老板办公室的大沙发脚后面。刘总就问这位老板，那块石料是怎么回事？老板告诉她，那块石料就是从赌石的大石上锯下来的一个角料。因为缺乏质量，就没有什么用，随便用它来垫一下沙发脚。刘总笑了笑，她拿起那块角料石块，看了看。她摸了摸角料被锯开后平整的表面，又将它反过来，摸了摸角料的自然面，那面呈灰土色，表面不平。接着她又在灯光下照了照，随后就对着老板说，这块角料，让给她。这位老板不以为然地说随便给钱吧。刘总笑了笑，表示给他 10 万元。老板感到奇怪，大石锯开，没见靓货，剩下来的一个角料能有好东西吗？但是，他表面还是很镇静地说，随便给吧。结果刘总花了 10 万元把那块小石头角料带回公司后，她将角料一开，哇，只见中间一坨绿。她把这中间的翡翠料加工成了六个大挂件，每一件 200 万元左右。不得不说她眼光厉害，一眼望穿石。

眼光这个词，在我们平时生活中，也经常会说到。例如，你有时会说，你的眼光很准哦。有时会说，看走了眼咯，眼光太差。买东西，看走了眼，就会浪费钱。如果看错了人，事后就会吃大亏。眼光，这个词，我认为它在含义上，有点模糊。眼光的标准难定，什么叫眼光好？什么叫眼光差？每个人的看法可能都不一样。因为眼光的好与差，每个人标准不一样。所以眼光这个词，就有一点模糊。

一个人的眼光，也是由他自身的思想、文化和素质决定的。赌石，因为石头在打开之前，结果是不知道的。在结果不知道之前，要判断结果，你就得根据对石头材质的观察，说出自己的判断。这个判断就是你的眼光，也是你自身的思想、文化和素质的综合能力的体现。石头打开以后，就可以证实你的眼光是好还是差。看人，就不一样了。看人的眼光，比较难。一叶障目，不见泰山。情人眼里出西施。这都是人的眼光在判断中出现的偏差。偏见比无知距真理的距离更远。

一眼望穿石，眼光显智慧。眼光判断人，对错各千秋。

忆扬州

我最早知道扬州，是从唐诗里。小学语文课本有李白的一首诗叫《送孟浩然之广陵》，"故人西辞黄鹤楼，烟花三月下扬州。孤帆远影碧空尽，唯见长江天际流"。当时年幼，对此诗不甚了解，大致知道是三月从武汉乘船到扬州。长大后，因工作经常出差，可偏就没机会去扬州。后来，乘飞机次数多，南航明珠卡推出旅程积分。我的积分可兑换两张航程不远的机票。我思索着要弥补一下儿时记忆。我有两个地方想去：一是绍兴，二是扬州。绍兴是鲁迅的故乡，小学语文课本中的阿Q和咸亨酒店，那茴香豆的滋味及绍兴花雕酒香吸引着我。而扬州，唐诗早已背诵，可未曾亲临一览，且有久久不能释怀的思考——扬州的瘦西湖为何瘦，扬州的炒饭为何如此出名。我正犹豫时，扬州朋友来电话邀我去扬州。有朋友之邀，自然就选择了扬州。就这样，在三月早春桃花含笑待放、柳树发芽的时节，我们从广州飞往扬州，去一睹瘦西湖芳容。

到扬州，先游瘦西湖。走到瘦西湖大门，见楼面大门为典型中式结构，青瓦飞檐，朱柱顶梁，古朴醇厚。正中挂的牌匾写有"瘦西湖"三个苍劲而秀丽的字。两根柱上挂着一副对联："一路楼台直到山，两岸花柳全依水。"进门左拐后，别有洞天，此处湖面不宽，林木扶疏。垂柳沿岸，随风婆娑。沿右岸走去，见一群人在一楼台前摄影，便赶去凑热闹。走近抬头一看，楼台二楼正中梁上挂一牌匾，上有三个秀丽的字——"熙春台"。哦，这就是相传扬州盐商为皇帝祝寿的地方。我仔细欣赏了一下这楼台。楼台规模不小，两层，每层都是青瓦飞檐，楼台四方屋檐高翘。高檐上有动物雕塑造型，显示中华传统风格。整个楼台朱红门窗，窗格古朴，门前柱之间挂了大红灯笼。想当年这是帝王将相莺歌燕舞之处。

离开熙春台，沿附近走，见一座小九曲桥，桥折几曲，桥上闲步，微风和煦，风景如画，十分惬意。远处又见一座单孔拱桥，恰好一只游船从桥下而过。古典装扮的游船穿桥下，桥两岸桃红柳绿，在蓝天白云下，犹如一幅美丽的画卷。沿湖岸走，垂柳扶疏，柳枝随风飘舞。岸旁花团锦簇，时而一片杜鹃，时而一片郁金香。花艳引蝶，艳阳普照，一路走来，心情舒畅。

不一会儿，一座白塔呈现在眼前，金色的八角塔帽在阳光下熠熠生辉。圆柱形塔尖顶，据说由十三圈从粗到细的天相轮组成。葫芦似的腰，全身白色，在蓝天下显得格外耀眼。看起来这座白塔与首都白海的白塔外形类似，我想这可能是皇帝下江南时带来的礼物，为瘦西湖增加了几分御气。再往前走，从垂柳稀疏飘动的柳枝中，看到了湖面几艘游船竞渡，一片生机。再远眺，一座黄瓦的五亭桥就在视野中。走到五亭桥时，我们已经在瘦西湖走了两个多小时，两腿有点酸累，便坐在五亭桥上休息。

五亭桥上建有五座风亭，我仔细观察了一下这五座风亭。桥中间一座，桥两头各有两座。每座风亭都为四角亭，黄瓦红柱。中间的亭为假两层，梁上有三个隶书字——"莲花桥"。我想，五亭桥一定又叫莲花桥。果然在桥的岸旁，见到了国家部门立的牌，上面写着"重点文物：莲花桥"。桥上的五座风亭又由黄瓦的屋顶连接起来。此桥外形秀丽，风格独特。五座风亭连成一桥，真是别具一格。桥下五座风亭，每座风亭都有三个桥洞，其中以中间风亭下的桥洞最大。五亭桥桥下共有十五个桥洞，我看了一下，可没算。据说满月之夜，每个桥洞都能够看到一个月亮，十分神奇。我想了想，每个桥洞看到的月亮，可能是月亮在水中的倒影，不同的角度从洞中所看到的都是水中月。可惜此时白天，又不是满月之时，否则，可等天黑一睹罕见美景。听说此桥建于二百多年前，为瘦西湖的标志景点。

站在五亭桥上，向左眺望，湖面水域宽阔，有许多游船在湖中畅游。对岸柳树旁可见一方亭，此亭位于湖内半岛，三面邻水。远看方亭有两层，黄色墙，圆洞门。这就是皇帝钓鱼的钓鱼台。钓鱼台不大，看似风雨亭。这真是"山不在高，有仙则灵"。带有御气的风雨亭就是不一般。钓鱼台是座两层方形建筑，尖顶四方飞檐，二层同样是四方飞檐，三面黄色墙，一面大框门。钓鱼台正门挂有刘海粟书写的"钓鱼台"三个苍劲有力的字。三面临水的墙都有圆洞门。从前右方圆洞门恰好可看见五亭桥，从左洞门中可以看见北塔。如此巧妙，借景生画，别开生面，可见建造者颇费心机。

与钓鱼台邻近处有凫庄。凫庄临水而建，房屋楼台环于水，犹如凫于水面。建筑飞檐青瓦红柱，属江南园林风格。走到临水平台走廊，抬头远见五亭桥，低头近观鱼戏水。在此处凭栏而坐，微风扑面，观景看鱼，十分惬意。据说这是扬州乡绅的别墅。

扬州好，第一是虹桥，也就是赫赫有名的"大虹桥"。寻找大虹桥，经人指点方知，三孔青石桥就是大虹桥。据说古代此桥桥栏为红色，称红桥。后改石桥，犹如长虹，叫大虹桥，现在的桥只不过是借名罢了。但更引人注目的是大虹桥的长堤了，堤上桃柳树相间，三月桃花红，柳发嫩芽。花红缤纷，垂柳飞扬。据说隋炀帝当年在此种了一棵柳树，赐姓为"杨"，所以人们称柳为"杨柳"。今天才知道这一典故。

游瘦西湖，必到二十四桥。唐代诗人杜牧有名诗——"二十四桥明月夜，玉人何处教吹箫"。所以，我一定要找到二十四桥。可到了二十四桥一看，大惑不解，仅见一座单孔拱桥，据说也是复建的。真是名人骚客一句诗，后人竞相来猜疑。二十四桥的桥名传说众多，有人说原桥从桥这头走到桥的那一头恰好是二十四步，所以称二十四桥。又传说是二十四位仙女风姿绰约，鼓腮吹箫来到该桥，故称二十四桥。更有意思的是当地学者认为"二十四桥"的发音与当地的方言"阿师桥"音同，二十四桥由此得名。所以，现在重建的桥，当地紧扣二十四这个数字，桥面宽2.4米，桥两头各有二十四级台阶。桥两边各有二十四根栏杆。这样一来，桥成了名副其实的二十四桥了。为了与杜牧的诗句呼应，桥头旁建了一座吹箫亭。

游瘦西湖后，游意未尽，写下诗一首《瘦西湖吟》：

华夏西湖何其多，唯有扬州湖是河。蜿蜒苗条瘦西湖，诱来骚客诗词和。两岸垂柳春风摆，湖面龙船相竞过。微风绵雨杜鹃红，熙春台留帝王歌。五亭桥现五朵莲，塔桥藏月影婆娑。钓鱼台观门孔景，京都白塔不容错。大虹桥穹成三孔，悠悠扁舟桥下梭。二十四桥步步高，难寻玉人吹箫歌。登楼望春心澎湃，肥瘦西湖各自说。扬州佳丽赛西湖，驻足安户靠运河。古城扬州多风采，旧貌换颜谱新歌。

游瘦西湖后，我想，我来扬州另一个目的是要考究一下扬州炒饭。第二天，我们来到扬州的市中心逛了一逛。在中山路，找到了一家传统的扬州炒饭的餐店。这个店面不甚大，比较整洁、明亮，传统江南风格的装饰，桌椅板凳都是木质的，一派中国式典雅韵味。店内顾客不少，我们进门看了看挂在墙上的菜单。炒饭的品种不少，至少有八种，并且搭配不同风味的汤水。我记得在广州如果要一份扬州炒饭，好像没有什么品种可供选择，只有一种碎鸡蛋炒饭，里面有虾仁、青豆、胡萝卜丁、火腿、肉丁等。我们到扬州这家店吃扬州炒饭，才知道炒饭的品种众多。这不同口味的炒饭，是不是为了市场的需求，进一步改进了？我们喜欢清淡的饮食，因此，要了一份菜粒炒饭，配了一份三鲜汤。后来，扬州的朋友请我们尝试了淮扬菜。他们告诉我们扬州炒饭的典故，扬州炒饭与隋炀帝开通隋运河，乘着水殿龙舟下扬州有关。反正扬州这个地方许多东西都与隋炀帝开通运河有关。

　　说到隋炀帝开通的隋运河，我们也沿着大运河河边走了一下。杨柳稀疏，倒也干净。不过，看得出是经过人工修整的。我们也只是走马观花地看了一下。那天下午，我们还专门去了大明寺。次日，我们路过时，又参观了史可法纪念馆。因时间和篇幅的关系，不能写得太多。如果要写，可能就是一本扬州的旅游专著了。扬州，这座古老的城市，历史上多少文人骚客留下诗篇。扬州，扬州，运河上的一颗明珠，如今成为长江三角洲经济带的重要一环，扬帆起航。

广州的肠粉

　　中国是个饮食文化大国，多少美食吸引着五湖四海的人流连忘返，乐不思蜀。《舌尖上的中国》先后两集，介绍了我国各地各民族独特饮食的制作以及相应的文化背景，许多人看完后，都拍手称赞。我记得以前，大家普遍认为我国有四大菜系：川菜、鲁菜、粤菜和淮扬菜。随着改革开放，不断创新，各地又衍生出风味差异的饮食来。我想，万变不离其宗，尽管各地称呼各有不同，基本上还是以四大菜系为其主旋律。

　　粤菜是岭南地区的风味菜谱。在广东，其实有三种风味不同的餐厅：一是客家菜，二是潮汕菜，三是顺德菜。饮食往往与人们的语言文化、风俗习惯以及生活环境等诸多元素有关。广东境内当地人有三种语言：一是客家话，这是广东境内使用人数较多的一种语言。二是潮汕话，这主要是广东境内粤东地区的人们使用的语言。三是"白话"，主要在以广州市为中心的珠江三角地区使用。一种语言，便有一种菜系。因此，广东地区就有三种语言对应的三种菜系。

　　肠粉，是广州人在茶楼用早点时，经常会点来吃的食品。它不属于什么菜系的范畴。肠粉品种较多，有猪肉肠、牛肉肠、鸡蛋肠等。还有什么都不放的，叫素肠。买肠粉的时候，你可以看得到肠粉制作的每一个步骤，你觉得实在，吃起来也放心。肠粉是靠蒸汽加热把它蒸熟的，做肠粉前，先准备米浆，米浆是用米磨成的。做肠粉得有一个蒸肠粉的蒸笼，这种蒸笼是方形的，蒸笼里有几格抽屉，专门用来蒸肠粉。你可以看到厨师把一格抽屉抽出来，倒上一定量的米浆，然后根据你的要求，打上一个鸡蛋，或者撒上一些猪肉，接着把抽屉推回蒸笼里，等候蒸汽加热蒸熟。片刻后，厨师把抽屉拉出，把抽屉里蒸熟了的肠粉刮出来，放在盘子里，加一些佐料与酱油就可以吃了。

前不久，京溪路上开了一家肠粉店，叫石磨肠粉。那家店门口，安置了一个电动石磨，石磨不停在转动。石磨上安放了一个进米与水的通道，下面放一个桶接着磨出来的米浆。然后，用米浆在蒸笼那边现做肠粉。整个制作过程都呈现在大家面前。

一般广州人在茶楼饮茶，要吃肠粉只有靠点菜单画圈点才有得吃。茶楼有一种肠粉叫红米肠粉，蒸出来是红色的，肠粉中裹了一些蔬菜，味道与街道上大排档卖的肠粉有一点不同。我到阳江出差，当地人带我去吃阳江的猪肠碌，还特地告诉我，这里的猪肠碌与广州的肠粉不一样。我吃了以后，觉得不错，的确与广州不一样，关键是里面包裹的东西不一样，好像有黄豆芽之类的食物，吃起来更鲜爽一些。

肠粉作为广州人的早餐可能有比较悠久的历史，不少的店打着"老西关"的旗号。肠粉作为传统小食，仅在岭南地区盛行，这里面也许缺乏一种思维。谈起小吃，我想起福建沙县。目前沙县小吃在祖国各地开花，这里面一定蕴藏沙县人的思维与策略。沙县领导把沙县小吃作为品牌来经营，不断培养沙县人会做小吃的技艺，然后，又帮助他们走出去，在资金上给予一定扶持，使得沙县小吃如今遍布大江南北，甚至连许多乡镇都有沙县小吃，这不能不说是一个成功经营的典范。至于在国外有没有开设沙县小吃，我就不得而知了。

　　而广州的肠粉，仅仅作为广州人早餐的代表食品，仅仅作为广州人在茶楼吃早茶中一种食品。它没有更多经营理念，没有组织性的生意思维。因此，仅局限于岭南地区而已。

　　世界上简单的事，如果赋予文化，它就可以升华。世界上细小的事，如果赋予思维，它就可以插上翅膀，腾飞起来。以小见大，以平常见特别，就是转化。这种转化需要的是利用思维，赋予物质生命的思维。

家书三封（故事）

烽火连三月，家书抵万金。

——杜甫

下面是刘青松的三封家书。

第一封

小柳：

你不辞而别已有三个多月了，你是与我斗气而离家的，你学习音乐，我没有反对过你，因为我知道你有这方面的天赋。现在你研究生都毕业了，你应该回我们家的公司来，这是你父亲我用一辈子血汗奋斗开创的事业，你不来接班，我又能交给谁呢？你妈因生你妹妹离开了人间，而你妹妹又因难产导致智力有障碍，虽然她能生活自理，但要她管理公司，就痴人说梦了。孙阿姨带来的刘小弟，虽然他改姓刘了，他梦寐以求的是成为公司高管，但我看他居心叵测，我发现他人品有一些问题。我不能把公司交给一个人品较差的人，因此，我唯一的希望就是你了。

我们之间的争论是思想认识问题，你认为音乐可以拯救一个人的灵魂，而我认为经济是社会的基础。你同我争论是没有关系的，因为我是你父亲，我们可以来讨论这些问题，但你不要斗气。现在可好啦，你带着小提琴离开了我，说要去贵州山区的学校，要用音乐去启迪孩子们的心灵，要用音乐熏陶孩子们的情操，要在他们没有音乐符号的思想中，挖掘艺术的源泉。我不反对你有这样的想法，可关键问题是我们的公司谁来接这个班呀？小柳，你想想吧。斗转星移，你父亲年事已高，身体虚弱，这是你要考虑的重要事情。

　　还有一件令人匪夷所思的事情，你竟然连手机也不用。在这信息时代，竟有你这样思想的人，你认为那些东西会侵害灵魂，污染思想，你要返璞归真，回到大自然中去，到贵州山区，远离喧哗，用音乐艺术塑造灵魂。我不想就这个话题高谈阔论什么，现在用手机通信至少方便许多。现在可好，我不知道你身在何处？这不能不使我担心，也使我无奈，只有写这封家书给你。可这封家书不知寄往何处？我只有寄去贵州省教育厅的支教管理部门寻找你，望收到信后，速速联系我。

你的父亲：刘青松

2013 年 9 月 15 日

第二封

小柳：

我的儿呀！

上次寄去的信到现在已有三个月了，我望眼欲穿，盼望收到你的消息。我现在的最低要求，只要你回信给我，我尊重你的任何选择。最近，我思考了许多事情，人在世界上能做自己最喜欢的事，是最幸福的人。人生只不过是一场历程，也是一个修行的过程。最近，我做出了一个重大的决策，把公司最大工厂的设备淘汰。你以前曾向我提过这样的建议，我置之不理，心想不当家不知柴米油盐贵。事实并非如此，陈旧的设备耗能极大，污染环境，我想这样下去，对不起子孙后代。改变，一定要改变。改变，也许痛苦一阵子；不改变，就会痛苦一辈子，甚至影响几代人。

小柳，我不强求你做任何事情，只要你回信给我，告诉我你的生活，我绝不苛求你回来管理公司，也不勉强你做任何事情。你的女朋友小黎，我也接受，尽管她家境贫寒，不门当户对，只要你喜欢，我尊重你的选择。何况小黎是一个善良的孩子，善良比聪明、漂亮更重要。因为善良是一种天性，是本质的东西。那些耍小聪明的女孩子，比起善良体贴的人不知要差多少。

近年来，你父亲我身体明显差多了。影响身体健康的因素众多，除自身精神压力过大、生活习惯原因外，环境因素也是至关重要的。这也是我决心要淘汰设备，投入资金改造的主要原因之一。我不能因我的行为影响周围群众的身体健康，否则，我会成为千古罪人。以前，我把钱看得太重要了。年纪大了，慢慢就明白了。钱，是个数字。它能买到营养品，未必能买到健康。它能买到药物，未必能挽救生命。

最后，我希望能尽快地得到你的消息。

你的父亲：刘青松
2013 年 12 月 20 日

第三封

小柳：

我的崽哎！

我已经抱病卧床了。前两封信如石沉大海一般，未见你的任何消息，我心急如焚。我两次打电话给贵州省教育厅，他们说一定会帮我找到你的，只是需要时间。但我恰恰就是没有时间了。我的身体越来越差了。寸金难买寸光阴，不亲身经历是没有体会的。昨天，我对公司做了一个重要的决定：将公司交给股份有限管理委员会管理，改变家族式的管理模式，由施洪政来当总经理。你施叔叔德才兼备，在公司工作多年。公司交给这样的人，我放心。如此做，才能打破人才界限，公司才有更广阔的前途。

小柳，你现在可以放心去做你自己认为要做的事了。你可以用音乐去感化那些孩子们的灵魂；你可以用音乐去唤醒那些

孩子们的思维；你可以用音乐教育人们。生活中艺术的享受是
用金钱买不到的精神乐土。

希望你早一点回来，也许我时间不多了，也许你难以想象
我现在的心情。也许，太多的也许……

你的父亲：刘青松
2014 年 3 月 25 日

刘小柳站立在一棵青松树下，默默低下头。他身后的女朋
友小黎也低下头。施洪政告诉了他们，他父亲最后的情况。在
这棵青松树下埋着他父亲的骨灰。因为他的名字叫刘青松。刘
小柳打开琴盒，拿出来小提琴。一阵沁人心脾的琴声围绕青松
树响起。一曲《巴卡贝尔的忧伤》从细小的琴弦上发出。小
黎也拿起小提琴一起演奏。两把小提琴琴声共鸣，震撼山谷。

刘小柳潜然泪下……

第三编 人物杂议

雁过留声，人过留印

人为什么活着

《人为什么活着》，这是一本书。这本书是由日本著名的企业家稻盛和夫写的。在中国，这本书是由《IT 经济世界》杂志社执行总编张鹏和清华大学中国企业家思想研究中心王育琨倾情推荐的。

我能读到这本书，是由于广东三九脑科医院单国心院长。那年，单国心院长在全院中层干部会议上推荐了这本书。他在会上慷慨激昂地说了许多他对这本书的看法，显然他深读了这本书，而且被书里的思想观点与精神所感染。会后，我也读了这本书。后来，我又反复读了几次。我之所以反复读这本书，是因为人为什么活着，这是个会引起每个人思考，而往往又会被忽视的人生哲学问题，这个问题是很难找到统一答案的。我们来看看单国心的答案是什么。

单国心原来是广东三九脑科医院院长，两年前离开了医院。哦，应该说离开了华润医疗，因为他也是华润医疗的副总兼广东三九脑科医院与徐州矿山医院两个医院的院长。一个人的能力有多大，从他的多方任职来看，就足以体现得出来。十几年前，三九脑科医院处境悲惨，借贷度日，证照过期，人心涣散，处于濒临倒闭的边缘。经过十几年的艰苦奋斗，一个把医院从死亡边缘拉回来，使医院财务增长了几十倍的人，一个让医院由几个学科发展到如今几十个学科的人，一个让一间医院从被行业贬低发展到得到专家们的认可、广大人民知晓的人，这个人一定是呕心沥血地经营着这间医院，这个人一定为这间医院艰苦奋斗过，这个人一定为这间医院忘我工作过。这个人就是单国心。因此，当三九脑科医院的员工谈到单国心时，都毫不犹豫伸出大拇指称赞。

医院发展以文化思想为引领，以学科发展为平台，以人才引进为核心，以精细化管理为途径，以保障大众健康为目标。

单国心在三九脑科医院提出了"更专业、更有效、更经济"，"三个更"的核心价值观。

更专业是指作为神经外科来说，在大型三甲医院里只是一个学科，而三九脑科医院作为一个专科医院来说，神经外科要作为医院支柱来打造。一定要把神经外科按亚专科进一步分科，每个亚专科独立成为学科，使得我们的神经外科分得更细，更为专业一些。

更有效就是一定要保证医疗质量。医疗安全、医疗质量是医院生存发展的生命线。只有在医疗安全与医疗有效的前提下，医院才能赢得患者与家属的口碑，才有发展空间。

更经济是为患者省钱。无论什么情况下，患者与家属对医疗费用都是非常重视的。尤其在目前许多老百姓家境不宽裕的情况下，许多农民兄弟因病致贫的情况屡见不鲜。更经济则是在保证医疗质量的前提下，在费用上要比其他医院同样疾病治疗花费便宜一些。

"三个更"的核心价值观是全院上下职工共同追求的目标，是医院管理与贯彻执行的思维。有这样的核心价值观，医院发展有了明确方向；有这样的核心价值观，广大老百姓认识与了解医院；有这样的价值观，我们可以更好地向外宣传，让基层医院的医务人员进一步认识与了解医院。

千万不要小看"更专业、更有效、更经济"这九个字。它凝聚了多少领导的聪明才智，它体现了医院管理多么深刻的含义，它为医院发展指明了多么明确简洁的方向，它为医院宣传提供了多么有力、令人信服的口号。领导决定政策，政策决定管理，管理决定发展，发展决定命运。三九脑科医院在单国心等领导的指引下，得到了蓬勃的发展。

医院是一个提供特殊服务的行业，改变医院服务始终是许多医院研究的课题，单国心院长始终不忘这一点。他教育全院员工，改变服务不需要成本，改变服务就能体现差异化经营。光口头上说改变服务是没有用的，关键是要从细节着手，找出那些可以实实在在做的措施。单国心院长在全院上下开展了"想方设法让患者满意"的活动。全院员工经过学习和讨论，总结出十条非常普通而常见的服务措施，在各个科室开展。这简单的十条，包括：门诊患者首诊时间不少于15分钟；医生每天两次以上的查房；患者入院时，5分钟内入病房，半小时内完成需在病房内实施的初步诊疗等，甚至应向患者及家属面带微笑，或点头示意问好都包含在里面，可见考虑细节如此周到。为改变医院的服务，做出了如此细致的思考。细节决定成败，从自我做起，这是三九脑科医院普遍的认识。

一家医院敢于向过度医疗宣战，敢于向医务人员提出"拷问良知"，不得不称赞这家医院领导的魄力，不得不认可这家医院领导的胆识，不得不认为这家医院具有很大的社会担当与责任。这些都是单国心为三九脑科医院呕心沥血想出来的管理理念。

好，我不能再写了。再写就变成单国心对三九脑科医院管理经验的总结了。我没有这个能力来总结医院这么长时间来的管理经验，也没有资格去做这件事。我想，冰冻三尺，非一日之寒。医院从十几年前的那种状况发展到如今，没有一个努力奋斗的人，没有一个吃苦耐劳的人，没有一个认真拼命的人，都是不可能办到的。我之所以谈这么多，就是尝试探寻人为什么活着的答案。单国心为什么活着？

从以上明显地可以看出，单国心这十几年是为三九脑科医院而活着，为医院的发展而活着，为体现他自身的价值而活着。不过，用他的话来说，人都是自私的，为自己而活着。

他认为一个人的成功有四个要素——真诚、认真、拼命和坚持。

真诚就不用说了。只要你一接触他的为人，就会被他感染。从喝酒的细节就可以看出他为人真诚。记得那是七八年前，与朋友一起喝酒。多年不见的老朋友，见面三杯先下肚。

尔后，他又对别人说，我两杯你一杯，接着又喝完六杯，一点都不含糊。如果你有困难找他，只要不违反法律，他会为你全力以赴，绝不玩表面客套虚假的文章。

认真更不用谈了。对医院每项活动的开展，单国心都是要认真检查的。医院的活动并不是在会上布置一下就完事了，而是要检查执行情况。在检查执行情况时，也不是草草了事的。一旦发现有人不执行，那就要重罚。他认为，光有措施，光有标准，如果不执行，那就等于一纸空文，等于是摆设品。只有严格检查执行情况，才能达到应有的效果。这就是管理者的思路，这才是管理者的做法。管理就是要管与理。管者为制定政策，制定规定；理者就检查执行情况，依好坏给予奖罚。否则，纸上谈兵，自欺欺人。单国心院长是个严格的管理者，言必行，行必果。

单国心院长原是第一军区大学毕业的，用他自己的话来说，他没有当过一天的医生。大学毕业后，早期主要在珠江医院及大学行政部门工作。他的性格比较豪爽，说话比较犀利。朋友们都称赞他讲义气，是个能为朋友两肋插刀的人。这种性格的人，可能在传统观念的事业单位都是难以委以重任的，也可能像他一样，许多有才干的人密集在那里，难露出山水真容。后来听说他曾离开卫生行业，到其他行业去探索人生新路。估计在茫茫大海各行业中，不是每个人都能闯出自己的天地。

据说，他来三九脑科医院工作也是个偶然。有人笑称是歪打正着的结果。那天，他陪夫人来医院应聘，刚好医院发生医疗纠纷。许多不明真相的群众，到医院办公室争吵。他本来是旁观者，与此事无关。可他那种性格，侠肝义胆，在那种场合下挺身而出，协助医院，诉说致理，安抚群众，有效、妥善地处理了事情。当时医院领导见他如此有胆略，如此有义气，就建议他来三九脑科医院。这样，单国心就来到三九脑科医院工作，此时的三九脑科医院面对重重困难，人员流失，经济亏损，行业受挤，内外交困，在如此困难情况下，许多人都考虑离院而去，但他反而加入医院，不能不说他具有一定的勇气，具有努力奋斗的精神，具有顽强拼搏的思想。

我与单国心共事有十年之久了，应该说时间不短，人生能有几个十年。他对我很是照顾，我记得他去美国看望女儿，回来时还给我带礼物，一件名牌T恤衫，至今我还在穿。有一年我生日，我的那些已经毕业的研究生从各地赶来聚会，结果他亲自带领医院外科主任们一起来参加，场面十分感人。

他提倡爱院如家，总是事无巨细，几乎天天用行动学习的方式锻炼、要求、考核职能部门的骨干和中层干部。他经常在大厅各角落捡烟蒂，让跟着他的人无所适从，他用事实告诉别人什么是爱院如家，也让事实告诉职能部门哪些工作没做到位。他对一线员工特别是困难员工特别关心，有员工直系亲属来住院，他一定前去探望，他给困难员工或家属自掏腰包的事经常发生。

单国心院长善于言辞，每次开什么周会或中层干部会，会上做报告滔滔不绝，口若悬河，他那磁性声音，抑扬顿挫的音调很是吸引听众。可他总是忘记时间，只要他一开口，中午饭至少就要到下午两点吃。

单国心院长是一个工作狂。他身兼两个医院的第一把手，有非常多事要亲自过问。有一年冬天，从徐州乘飞机回广州，中途停连云港，深更半夜，他身穿单薄衣服，在连云港冻得直哆嗦，凌晨才到广州。第二天上班时间他又来到三九脑科医院继续工作。他经常坐在候机室打瞌睡，可见他太辛苦，太缺乏睡眠了，以至于他的血压升高。他就是这样一个拼命工作的人。

单国心是个工作狂，工作到深夜是家常便饭。医院自己采购设备，网上竞标，采购阳光公正。我们买到的设备在采购过程都挤掉了多余水分。在医院会议室里，领导专家与厂商反复较量，每次往往进行到深夜 12 点才完成采购工作，为医院节约大量资金。

在我们权力至上的社会，一个单位第一把手往往决定这个单位的风格。单国心在医院提出"真诚、认真、拼命、坚持"的口号，他处理医院事务那么认真，干起活那样拼命。他给人的印象是那么强势，他批评人是那么严厉，他是那么执着。他在面对管理部门职业能力相对较弱，又急于迅速达成对医院、对员工利益最大化的结果的主观意愿下，往往来不及沟通或在群体无意识的前提下显得过于焦急。这也是很多能力强、有担当的管理者容易让人诟病的地方。

一个人太过于执着，难免会做事主观。单国心院长很乐意听从下级个人的汇报，但他有时也会犯先入为主的毛病，有时缺乏冷静，有时带有情绪去处理问题。因此，往往在认识一些问题时带有偏差，影响处理的效果。由于善于演说，他做起报告来口若悬河，往往忽视时间概念。只要他一开什么重要会议，我们就可能在会议期间吃盒饭，开会到深更半夜。大家因为会议时间过长，往往私下多多少少发表抱怨，只不过他没有听到罢了。如果抱怨让他听到了，少不了会针对这样问题挨批评了。在这种形势下，谁还会出声呢？这就是中国人的通病。

当然，我在这里，不是在总结单国心院长什么。像前面说的，没有资格，也没有权利。我写单国心工作的许多点滴，就是寻找他对工作，对管理，对医院，对人为什么活着这个问题的看法以及这些东西在他人生长河中的意义。从他身上，我们需要学习些什么。从他身上，我们需要领悟些什么。这就是写这篇文章的初衷。人为什么活着，如何能活得更好，如何活得更有意义。聪者，智商用于思维。明者，情商用于管理。聪明者，两者兼而有之。

人为什么活着，稻盛和夫在书中也没有一个明确的答案。如果要说有回答的话，他书中有一段这样的话：你一生努力不懈，不断提升自己，以至于拥有如此高尚的品格。这才是人生最大的价值。

人为什么活着这个问题，如果我们在街头随便问几个不同性别、不同年龄的人，估计答案也是各种各样的。有的人甚至回答你，没有想过这个问题。成功者的回答，显然不同于逆境者。同一人在不同阶段，答案也可能千差万别。这就是人生。

人生这条航船，在茫茫大海里航行。正如屈原所说，路漫漫其修远兮，吾将上下而求索。

　　人为什么活着，是人生的哲学。人为什么活着，是人生的思考。人为什么活着，也是人生的追求。单国心说，人生是修行，只有发自内心，才能进入内心。我想，这也是值得好好研究的哲学问题。

邹博士其人

　　我怎么也想不起来是如何认识邹博士的。也许是不经意间在工作上认识的，也许是因为与他研究干细胞的那个课题有关。不过，我想这些都没有关系，重要的是我们成为好朋友。在我的脑海里，我总觉得邹博士有点面善。后来我终于联想起来，他有点像寺庙里的弥勒佛。他那圆脸蛋，那善眉慈眼，那肉鼻子及带微笑的嘴唇，真的有点像寺庙中的弥勒佛。哦，尤其是他那耳朵，长长的。只不过他没有弥勒佛那么肥胖罢了，头也不是光头，他剪的是短平头，可邹博士却也是够丰满的。

　　见真人，看其相，听其言，观其行，大致就知道一个人的性格与品行了。邹博士说起话来总是笑眯眯的，他那不快不慢的语速，总让人感到舒服，我想也许与他从事的干细胞研究专业有关。搞研究工作的人要耐得住寂寞，孤独做事，静心思考这是科研人员的心理素质要求。邹博士就属于这类的人。我想像邹博士这样能完成博士学位的人，读书绝对是一流的。说句老实话，就是借一个胆给我，我也不可能取得博士这样的学位。

　　邹博士是原第一军医大学毕业的，他叫邹清雁，读的是医

161

疗系。可能是与研究生读的学科有关，现在他主要从事干细胞的研究。说起干细胞研究，我真有太多话要讲了。

好几年前，我与单院长去北京出差，我借机专门去拜访了黄红云教授。黄红云教授是我国最早开展溴鞘干细胞治疗脊髓损伤的专家，也是我国开展干细胞临床研究最早的学者。我在北京三环外的一间康复医院见到黄红云教授及其助手陈林博士。同时，我在这间康复医院见到了来自世界各国的脊髓损伤患者，他们在这间不大的康复医院接受干细胞及相应康复治疗。令我震惊的是有些患者治疗效果竟相当不错。我看到他们的病房墙上挂满了来自不同国家的患者照片，照片中人人都洋溢着幸福的微笑。在他们病房的橱窗里，我看到了不同形状、色彩斑斓的感谢纪念品，那些纪念品都体现了异国情调与感恩之意。

我和黄红云教授两人在办公室聊了很久，深知黄教授在探索溴鞘干细胞的研究中走过许多艰辛曲折的路，也为他们以顽强意志，执着坚持研究的精神所折服。从此以后，我了解了干细胞的研究。

回广州后，医院与邹博士带领的团队建立了干细胞研究中心，我间断地参与一些工作，逐渐与邹博士熟悉起来。北京的黄红云教授在世界上首创举办神经修复学会。这一年，中国神经修复学会年会在西安举办，邹博士邀请我与陈文明副院长前往西安参加会议。

在西安会议上，邹博士与黄红云教授交谈了很久。大家都认为干细胞是作为神经修复的主要手段，全世界的研究正如火如荼地进行，我国许多学者都在这个领域中有不少建树。可是国家行政部门不给力，缺乏支持力度，缺乏规范管理政策，这势必会影响这项科学的健康发展。

会后回到广州，我们配合邹博士开展了一些相应的神经学科的临床研究，观察一些患者，在某些患者身上取得了可视性的效果。这些都与邹博士治学严谨、工作踏实分不开。

攻读了博士学位的人，在某些问题上的思维会比常人更深入一些，尤其是在一些事情的研究上。因为在他们的学习过程中，有认识问题的独特视野。邹博士就是这样，他不仅对干细胞有深入研究，而且开发新的品种来拓宽研究。虔甘宝就是邹博士近年来新研发出来的产品，虔甘宝是营养素强化固体饮料。他通过甜菜菊的提取工艺方法，申请发明专利，通过专利技术来做市场开发。这并非一般人能有的思维，他利用这些专利技术，到江西赣州建工厂生产自己的产品，把科学成果转化为市场需求的产品。这一切，没有独特的聪明智慧，没有高瞻远瞩的眼光是不可能做到的。

邹博士是个境界高的人，他创立的干细胞之家微信群，群成员多达 400 人。他经常在群里发表一些个人管理理念，以及一些现代干细胞研究最新动向，激励同行们在科学道路上砥砺前进。他给予我们许多中国传统哲学思想与现代哲学相结合的独特看法，使人耳目一新。

邹博士待人真诚，他在江西赣州的产业基地刚立项，就邀请我与陈文明副院长前去参观。我们到江西受到他们团队的热情接待，他们的宏伟规划令人羡慕。

　　朋友相处，细节体现真诚。尤其在朋友有困难的时候，往往是无声的考验节点。我有一位要好朋友，在一件事上出现资金暂时周转困难。我答应了借给他钱，提供为期一个月左右的帮助。后来我又发现自己资金不足。在这样万般无奈的情况下，我向邹博士提出了请求。邹博士二话没说，把资金转给我，代我帮助我的朋友渡过了难关。一个能把钱借给你的人，一定是你的贵人。这不但是对你的信任，也是证明他胸怀之豁达。后来，一个月后，我朋友把资金转还给了他，并再三感谢，他只是笑笑说："谁都有遇到困难的时候。"这足以说明他为人处事的态度。

　　前不久邹博士在微信中转发一条格言，"谋大事者，首重格局"。什么是格局？格局是指一个人的眼光、胸襟、胆识等心理要素的内在布局。我想，邹博士就是非常重视格局的人，也是一位谋大事者。因为他从事自己的事业，他的为人心态印证了这些。他能耐得住寂寞，能无视种种诱惑，能坚守自己的事业理想。正如有人说："我这么努力，是为了满足自己心中那个梦想，给自己带来心中的安宁。"

　　坐拥云起处，心容大洪流。放眼看世界，任凭宇宙动。

胖人王大勇

王大勇是我的同事，说他是胖人，因为他的体重有近250斤。由于工作关系，我经常与他一起出差。这都是好几年前的事情了。

我记得我们去揭阳出差，有一个晚上我与他同睡一个房间，我一个晚上没有合眼。他与很多人不同，刚才他还在与我聊天，不到几秒倒在床上已呼呼睡着。睡得真香啊，他不但入睡得快，而且呼噜声随之而来。刚开始，那呼噜声好像开火车一样，继后又变成了飞机的轰鸣声。我躺在旁边的床上，简直无法入睡。在这种情况下，我想，既然无法入睡，那就先看一会儿书吧，等自己眼困时再睡，也许会好些。我看着书，他巨大的呼噜声响个不停。我时而放下书看他一眼，他睡得那么香，对周围毫无顾忌，我想，这也是人生的一种幸福。我继续看着书，不一会房间内安静起来，他不打呼噜了。这种安静反而使我不安起来。我放下书仔细观察他，他呼吸好像停止了，我有点担心，不会有什么意外吧。我仔细地静心观察他，如若他再不呼吸，我准备叫醒他看看。此刻，夜深人静，一分钟却那么漫长。我正欲去叫醒他，只见他一声长叹，又开始打呼噜了。他这样折腾了一晚上，我在床上也是辗转反侧，夜不能寐，迷迷糊糊才盼到天亮。我从此暗暗决定，再也不能与他同一个房间休息了。

王大勇是负责对外联系工作的。开车去外地是经常的事，可要命的是有时候他开着车也会打瞌睡。尤其中午吃完饭开车，他犯困。如果车上只有我们两个人，我一定不让他开车，由我先开，我开一个多小时，让他先在车上好好睡一觉，等他睡醒精神好了，再交给他开。

这是好几年前的事情了，光阴似箭，日月如梭，一晃五年过去了。后来，大勇告诉我，他到五官科去看医生了。医生建议他手术治疗，或者晚上睡觉时戴一个小型呼吸机。他没有接受医生的意见，不过他自己还是有点担心自己身体。幸好他除有呼吸暂停综合征外，身体各样检查指标都正常。

后来他告诉我有一件事促使他做出了重大决定。他说他的同学因心脏问题，突然逝世了。他觉得自己如此肥胖，超重对心肺功能健康不利，于是他决定跑步，每天跑 10 公里。知易行难，每天跑 10 公里，没有坚强的毅力是不可能实现的。王大勇风雨无阻，一跑就不可收拾了。他不但每天跑 10 公里，还积极参加马拉松比赛，从不缺席广州马拉松赛，还跑完全程约 42 公里。他不仅参加广州马拉松比赛，还积极参加上海马拉松比赛、北京马拉松比赛、香港马拉松比赛，只要有马拉松比赛，他都积极去参加，他已经成为一个马拉松比赛的专业选手了。

我想，当一个人认识到自己的状况，认识到生命必须用健康来保证时，他就会自觉地去改变自己，用潜在的毅力为保障自己生命而努力。大勇就是这样，他用顽强的毅力，改善自己的身体状况。他现在体重减了几十公斤，身体比以前壮实苗条了许多，腰围也起码减了 8 厘米。

有一次，我们在碧桂园凤凰酒店开中层干部会。我有早起的习惯，早晨六点我就到酒店周边散步，就碰到大勇在酒店周围做长跑运动，这个时候他已经跑了好几圈。他无论何时何地，每天的运动量始终坚持，我只能感叹地对他说，顽强的毅力是事物成功的先决条件。

王大勇不仅在自己身体锻炼上令我佩服，在工作上更令我刮目相看。他本来是学无线电专业的，因工作岗位改变，在医院担任对外联络工作。因此，与他人交流的过程中，自然离不开医学，离不开脑部疾病。经过几年的耳濡目染和他自己的不断学习，他竟然能与许多专业人士在一起谈脑论病了。有时他向别人滔滔不绝地介绍我们医院的特色，许多朋友都认为他是个专家。谁也没想到他如此用心，竟由门外汉变为业务熟悉的专家。他的性格比较豪爽，优点是话多，缺点也是话多。尤其有时别人在谈事时，他忍不住插话，打断别人的言论，又滔滔不绝说半天，难以制止。古人说，沉默是金，话多必失。我多次提醒过他，然而一个人的性格习惯，并非一下子就能纠正过来的。

外出工作，与当地的朋友吃饭，少不了会喝一点酒。喝酒是朋友间的情趣，推杯换盏，大家在一起兴致就高了起来。男人之间喝的是义气，喝的是真情。三杯落肚，话匣子立刻打开，海阔天空，滔滔不绝侃大山，津津乐道谈人生。王大勇也不例外，有时候，喝酒也看人品，大勇喝酒比较实在，宁愿伤身体也不伤兄弟感情。记得有一次我与他们几个人一起去台山，晚上大家与当地几位朋友一起吃饭聚一聚。饭局上，有一位当地仁兄酒量特别大，一开饭局，那位仁兄就用大水杯倒了两大杯，要与大勇立即干。我劝说，先吃菜，慢慢喝。那位仁兄较起劲来，非要喝，大勇此时无奈，端起大水杯酒，一口气把它喝了。那位仁兄再倒第二杯，我急忙制止。可酒席上他们哪听人劝，第二杯酒两人碰杯喝下，真算得上豪饮了。

王大勇性格比较开朗，善待朋友。许多外地朋友到广州来办什么事，都给他来电话。他总是来者不拒，全力帮忙。他的观点：不怕别人利用，就怕自己没用。

王大勇为人比较大方，在外面出差，从来不计较小钱，回到单位也不会因为自己用了几个小钱就要什么报销。他对我也很照顾，有一次我从南宁带回几箱芒果，每人一箱，他说什么也不要，害得我再把芒果送人。点点滴滴显得他非常大度。

我想，一个人生活在社会里，不要去追求成为什么名人。即使是一个普通的老百姓，能把自己的工作干好，处处帮助他人，与人为善，积极向上，愉快生活，他就是你的朋友，也是有益于社会的人。

人生是一种修行，只有从内心出发，才会显得人生从容。

命运进行曲

　　有一位资深的朋友聊天说，一个人漫长的一生大约有七次机遇给你改变命运。这七次机会，在你二十岁前有一次，你因年幼缺乏经验而流失了。还有一次可能是在你六十岁后，那时你因为年龄关系放弃了。真正有可能给你的机遇，大概只有五次了。我不知道他这种说法，是哲学观点，还是宿命论。但是我想起《论语》中有一句话，"三十而立，四十不惑，五十而知天命"，这明显与他的说法有一点不同。

　　我经常想一个问题，什么是命运？这个看来是哲学家讨论的话题，但我们这些普通人也经常被这个问题弄得头昏眼花。然而，命运也是我们喜爱讨论的焦点。因为命运往往涉及每一个人。而命运又是那么变幻莫测，又是那么让人后悔莫及，让人觉得无可奈何，让人觉得不可思议。大家常说一句话，生死有命，富贵在天。以前老人对我们说，命该如此了，认命了。为什么要认命呢？其中一定有道理的。这一切多少都有宿命论的观点，可现实生活中又往往被宿命论言中。

　　哲学家说，时代决定命运。这一点对大家来说，都可能会引起共鸣。例如，20世纪50年代上山下乡的时代潮流，许多人的命运发生了根本变化，过着显然不同的生活。又假如不是"文化大革命"的话，许多人的人生也可能跟现在有很大的不同。有人说性格决定命运。哲学家告诉我们，只说对了一半。想想可能也有道理。因为时代是社会决定的，是宏观的环境，而性格则是自身存在的因素。如果在相同的宏观条件下，每个人自身的因素自然会影响到各自的命运。性格决定命运，只说对了一半。有人提出奋斗改变命运，哲学家又说只对了一半。这一点，我觉得哲学家说得欠妥。我们应该鼓励大家去奋斗来改变自己的命运。看来要全部都对，要写一部书来论述才行。

我想了想我自己的命运，是时代决定命运？还是性格决定命运？我一直在思索。我从小学到高中，回想起来，一不聪明，二不勤奋。家境贫寒，出身普通，一辈子的生活怎么去度过也不知道。命运之神，会让我去干什么，都是未知数。

首先，我认为时代决定了我的人生轨迹。我小学调皮捣蛋，中学学习成绩平平。可是在升高中的时候，碰上国家提倡教育，当时初中毕业生都被老师动员去上高中。所以，尽管自己的成绩不理想，也被这样的大潮流推去读了高中。高中三年的学习也风雨飘摇，开始在文科班，后来又转到理科班，最后学校又根据上级的精神取消分科。高考的时候，又去报考了医农类。

高考是我人生的第一次机遇，那时我十八岁。

1962年高考，有人认为是中华人民共和国成立以来直到现在来说最难考的一年。我参加当年的高考，命运向何处去，前途未卜。结果在那么难考大学的时候，竟然让我考上了江西医学院。对于这点我一直在想，是性格？是时代？是贵人？百思不解。但有一点是肯定的，在考前三个月，我搬到学校里住，努力复习了一下功课。难道就是奋斗改变了命运？我不信，因为基础比我好的同学多的是，那些同学怎么没考上大学。我们大多数人的命运都是由高考决定的。上什么样的大学就决定了人生一辈子的职业，尤其在那个年代，这是比较难以改变的，甚至根本不可能改变。

时代决定命运，正当我们大学快毕业的时候，又遇上史无前例的"文化大革命"。我们本来读五年的医学院，结果在校待了六年。时代再次决定了我们的命运。国家按四个方向：面向基层，面向边疆，面向工厂，面向农村，将我们分配了出去。

工作分配是我人生第二次机遇。

我被分配到西藏军区生产部。到西藏后又去53师158团学生连锻炼了一年多，最后被分配到林芝农机厂卫生所工作。卫生所只有三个人，全厂上下总共不到两百人。对我一个刚从医学院毕业的医生来说，只能看小伤小病，工作非常清闲。什么是事业，什么是前途，我根本没有去考虑。那时我消极对待生活，成天无所事事。现在回想起来，真后悔当初浪费时间。一个人在低迷的时候，要学会冷静与思考，如果当时我静下来，利用空闲时间多看书，今后一旦有机会，就可以抓住而不会失去。因为机会是给那些早已准备好的人。我在西藏林芝待了四年多后，西藏开始有内调政策。

内调，是我人生的第三次机遇。

有机会调回江西本来是一件令人高兴的事，可是我家乡的组织部门，真是令人失望，安排我去江西工业卫生研究所。我是一个医学院医疗系毕业的学生，从事临床医生工作是我的愿望。当时，我见此情况，二话没有说又回西藏了。这次是我对自己命运的一个主动决定。后来又几经周折，最后我回到了自己的母校——江西医学院。

我回到江西医学院附一院，有三个专业让我选择：烧伤科、麻醉科和脑外科，我想都没有想就选择了脑外科，现在叫神经外科。这是我对自己命运的重要选择，也是在有条件的情况下选择的。正是这次选择，让我这一辈子从事了这个既辛苦又艰难的神经外科。

考研究生是我的第四次机遇，失败了。

1978年全国恢复研究生考试。我反复考虑，为了提高自己就想试一试。当时我选择考同济医学院研究生，导师是蒋先慧教授。初试阶段取得了成功，后来又通知我去武汉面试。炎热的夏天，我们住在同济医学院的招待所。面试以后，我见到了蒋先慧教授，他告诉我，尽量两个面试的学生都录取。可是我回到江西后，得到的通知却是要我转其他学校。到这个时候，转其他学校已经不可能了。考研究生最终以失败告终。我想失败原因是初试的成绩不如别人，死记硬背下功夫不够，没有选择自己优势的学科应试。

进修学习是我的第五次机遇，失去了。

此后，我继续在江西医学院附一院神经外科工作。其间，我的两位学长先后都在天津医科大学进修学习，论资排辈应轮到我去了。经联系，天津医科大学给我发来通知。可我们医院的一位副院长不同意我去，原因是江西医学院教学的需要，派我去教外科总论。胳膊扭不过大腿，无奈的命运。

调动是我的第六次机遇。

偶然机会，江西医学院附一院麻醉科一位医生调去大连。他回家探亲时找到我，想叫我去大连工作。我有点犹豫，反复问他大连的一些情况。我很想去看看。经过几番周折，我到大连去看了一看。当时大连粮食供应按北方标准，每月搭配粗粮，天气比较寒冷。再三考虑，我们这些南方人难以适应北方生活，就放弃了去大连。当时的思维是宁向南移一公里，不向北移一步。

春节期间，江西医学院毕业的部分学生在广州读研究生，他们回来江西探亲，知道我去大连之事，便告诉我去大连不如来广州。当时我还没有来过广州。其中樊朗同学说，他也面临研究生毕业分配工作状况，他要我同他一起来广州找接收单位。这样我便与樊朗一起到广东各地找工作。我们先到深圳，深圳市第二人民医院愿意接收我们，要我们试工。因为手术室在装修，要我们一个月后再来，我们听后就放弃了。因为从南昌到广州的火车票太难买了。我们回到广州，找到暨南大学华侨医院，华侨医院神经外科主任林彤同意接收我，但暨南大学人事处因已给苏州医学院发了调令，而对我的问题搁浅。而后我们又联系广州医学院附二院。经过一段时间的联络，广州医学院调取我的档案，不久就给我发来调令。我在江西办调离手续的时候，江西省卫生厅人事部门不同意。我不知道什么原因，后来找人问厅长，原来是我调档案时，没有征求他们意见，而是从江西医学院直接寄走的。经过再三解释，江西省卫生厅人事部门才同意放人。

留学，算是我的第七次机遇。

我在广州医学院附二院工作时，有一位从阳江来广医二院进修的医生，他告诉我，他可以联系澳大利亚那边，让我去学习。他告诉我联系方法，经过反复联系，墨尔本大学皇家墨尔本医院神经外科同意接受我去做访问学者。接着困难的是要办护照，当时办护照要有人经济担保。我们家穷，从江西来广州没有任何海外关系，很难找担保人。后来，一位看病认识的香港朋友，他知道后答应给我担保。可是不久他从香港回来告诉我，他的律师反对此事。在万般无奈的情况下，我向医院报告。医院蔡书记非常重视，经研究医院公派我留学，由广州市外事局替我办护照。我的第一本护照为公务员护照。

我在澳大利亚学习期间，由于是公务员护照，我在皇家墨尔本医院私家医院去做手术助手，别人可以得到报酬，我就不行，因为我的护照签证是不能有报酬的。

往事如烟，人生如旅，命运进行曲一路走来。假如我没有考上医学院，绝不可能当医生。假如当年考上研究生，也许走的又是不一样的路。人生没有假如，只有向前走的未知数。多数人静下心来想想人生都会说，活在后悔中。实际上后悔一点意义都没有，过去的永远不可以重来。听天由命，这是中国老百姓的口头禅，是多少人在多少年人生旅途中总结出来的话。尽管有人认为这是宿命论，不过事实也确实如此。我想所谓的天，应该是指时代。因此，大多数人的命运都是由时代决定的。在同一时代的前提下，命运可能也就由性格来改变，性格应该包括思维、态度、意志和方法。

我查了一下书，性格是一个人对现实的稳定的态度和与之相应的习惯化的行为方式。人的性格是在一个人生理素质的基础上，在社会实践活动中逐步形成的。这是理论上的东西，大家可以去思考。

因此，没有人出生时就能决定自己一生的命运。命运是由人生历程中各种因素决定的。其中也许有偶然的机遇，也有各种主观因素，性格确实是重要因素之一。有人说，态度决定一切。有什么态度，就有什么样的人生。"天行健，君子以自强不息"，奋斗改变命运。这一点就是性格，好像已被许多人所证实。

阿姆斯特丹大学校训指明：胆怯者当不了命运的捕手。

我把我的命运进行曲梳理了一下，写出来的目的是让自己反思一下，让自己知道这一辈子是如何迷迷糊糊过的，让自己明白失败的原因在哪里。人生最大的困难，就是战胜自己。我想也许你读了，可能有一点帮助。你可能会思考，对你今后的人生怎么走而引以为鉴。

　　人生是一部永远后悔的旧书，看来看去，总不是个滋味。我们绝对不可能是世界的主角，只是自己故事中的主人翁。人生如戏必演出，文武丑旦各自选。时时事事如登台，评判自有天下人。也许我们的人生就像一滴水，很快会消失，不会留下一点痕迹。不过，这也没有什么，因为世界上大多数人也都是如此。

　　苏格拉底的名言："未经自省的人生没有意义。"

我的老师

刚解放那年，1949 年，我 6 岁。我父亲是个裁缝。父亲家不知是由于"家有万亩良田，不如有技压身"这样的思想，还是父亲瘦小有病的缘故，家里让他去学了裁缝这样的手工活。实际上，我们家境贫寒，根本没有万亩良田。我上面有两个姐姐，我是家里的长子、长孙。可能是父亲"望子成龙"心切，那时就把我送到附近的一家私塾去念书。因此，这位私塾先生便成了我人生的第一位老师，那时邻居们都称他为"张先生"。先生意指先出生的人，引申指长辈、知识丰富的人。这也是旧时代对老师的称呼，与现在大家称人为先生、小姐这样的称呼有一些不同。

我记不清他长什么样了，只记得他瘦高个子，穿长袍。私塾班里只有十来个学生，那时是真的在念书，每天念《三字经》，声音很大，每个学生大声读，声音很吵。每个学生还要到先生面前背书。写毛笔字是每天的必修课。张先生手里有一把戒尺。戒尺实际就是一根长竹板。据说封建时代，先生们都有这样的一根戒尺，管教学生用的。学生不认真读书的，或不认真写字的，先生叫到面前管教一番。先生用戒尺敲打桌子。

偶尔对那些实在不听话的学生，也会打几下手心。那时我初上学，念书还认真，没有尝过戒尺的滋味。在这样的私塾班，我念了三个月的书。后来，亲戚朋友劝我父亲，现在解放了，孩子还得上学校去读书。就这样，我又被送去我叔叔家附近南昌市松柏巷一所叫公进小学的地方。这所小学解放前是教会办的，解放后改名为"公进小学"。我记得学校里有一所教堂，那教堂尖顶上的十字架，那上圆下方的窗镶着的彩色玻璃，至今我还有印象。我上学时在街上经常会碰到头戴黑斗篷、身穿黑袍的修女。后来，这所小学又改名"松柏巷小学"。等我小学毕业时，这所小学又改名"西湖区中心小学"。我在这所小学待了7年，因为教学改革，小学办初中班。小学毕业后，初中一年级我也是在这里度过的。

小学四年级前，我的老师是梁老师。他是我的班主任，教语文的。那时他已是中年人，高个儿，背有一点驼。最让我难忘的是梁老师在讲话激动的时候，有时会结巴。我上小学的时候，是个调皮的孩子，好动贪玩、不守纪律、学习较差。我有时模仿梁老师讲话的样子，说话故意结巴，引得大家哈哈大笑。这时，梁老师会在学校放学的时候留我下来，让我靠后面的黑板罚站，要等家长来学校接我。我父母为生计，没有时间来接我，只有比我大几岁的姐姐来带我回家。那时，老师给我的印象是教我们读书，教育管理我们的人。老师是一门职业。

小学四年级到毕业前后，我们学校来了许多南昌师范学校毕业的年轻老师。他们个个青春焕发、热情洋溢、朝气蓬勃，给学校带来一片新气象。我们班新来的班主任叫廖作锡，教语文的。那时，廖老师年轻，二十多岁，胖胖的、圆圆的脸。他只有一只眼睛，另一只眼没有眼球，眼眶明显凹下去。什么原因造成的，我就不清楚了。他是江西奉新人。他来了以后，给我们班组织了许多活动。那时，我们年纪小，觉得班里气象一新。上课时我们每一个学生桌上放一盆小花。少先队的活动很多，廖老师组织我们这些小孩参加一些课外活动，什么美术小组、音乐小组。因为我喜欢画画，还参加了美术小组。学校组织美术比赛，我画了一组素描参赛，获得了一等奖。思想上老师则教育我们，使我们认识到少先队是共产主义事业的接班人。少先队活动时，廖老师颈部也戴着红领巾，充满朝气。学校到处是阳光，到处是鲜花。这些景象至今仍历历在目，这是我们难忘的童年。

当时，教师这个职业给我们这些学生的印象是崇高的，教师不但是教我们知识的人，而且在社会上被称作是人类灵魂的工程师。我们许多学生在写作文"我的理想"的时候，都写将来长大要当一名人民教师。人类灵魂的工程师也是对老师这一名称的崇高解释。那时，教育部门进行教学改革，决定在南昌市西湖区中心小学办初中班。这样，我们又留在这所学校读初中一年级。不久，我们发现学校会议室有大字报。后来，白纸黑字的大字报贴到校园了。虽然当时我们年纪小，但心里也感觉到了严肃的政治运动气氛。接着，教地理的赵老师被划为右派分子。而后，数学老师龚老师也被划为右派分子。紧接着我们的班主任廖老师没有例外也被划为右派分子。现在我们想想，那些教我们的老师，当时那么年轻，他们从学校走出来没几年，思想有那么复杂吗？要么就是他们太年轻，不知社会深浅。时代改变了许多人的命运，我们那些老师的命运就此发生了颠覆性变化。时代同样也改变了我们的命运。后来，教育改革又有新变化，初中班被撤销。我们这些学生又被派到新建的一所学校去读初二，这所学校就是南昌市第四中学。

南昌市第四中学是一所新学校。此时，正遇上"大跃进"时期，我们在老师的带领下，就在学校的操场上搭起小高炉炼起钢来。我记得炼钢没有风箱，我就跑回家把自家农村煮饭的小风箱扛来，把一些本来就是铁的物件放在炉里，用火把它烧红，熔化之后便成钢了。全国总动员，大炼钢铁，为的是"赶英超美"。后来，我们又在老师的带领下，在学校的操场上炼焦。在操场上用砖砌一个几米长的大方形，高一米左右，里面堆满煤，用土盖起来。然后，在砖围墙空出的几个火道里点火，火不能断，持续一周左右。我们与老师分班二十四小时轮流守候。这段时间，我们与老师是并肩作战的"战友"，我们一起炼钢，一起炼焦。到初三上学期，我们才上课。这个时候，我们班来了一位新的女老师，叫黄楚盘。她是广东人，皮肤细嫩，个儿高瘦，脸长得稚嫩，一看就知道是刚刚大学毕业的年轻老师，教我们数学。到初三下学期，我们有一位美术老师，叫周良朴，据说他是南京大学建筑系毕业的。他个儿高，1米8左右。他建议我和雷瑞芝、廖曼元三个学生去学美术，初中毕业后去考美术专科学校。于是我们三人关在一间房子里画石膏静物的素描。每天下午上完一节课后，我们就去画素描，画了三四个月。我们憧憬着美好的未来，是当一名画家。初中毕业时，没有什么美术专科学校可以考，结果我们又去上高中了。此时，我们认识到的老师不但教我们知识，有时还会指导我们未来的一些发展方向。

初中毕业时，我们正遇上国家所谓的发展教育，多数学生被老师动员上高中。命运之神是不可抗拒的。我那时学习成绩不够好，阴差阳错被分配到重点学校——南昌市第六中学。这所中学就在我原来读的小学附近，原来叫南昌市第二高级中学。它是一所全部是高中生的学校。国家教育部门又试点进行教学改革，把南昌五中、南昌六中作为试点。因此，我人生有幸又遇到百年不遇的事情。南昌六中高一有七个班，五个班为理科班，两个班为文科班。南昌五中高一也有七个班，五个班为理科班，两个班为医农班。不知是哪位领导出的主意，学生从高中开始分科。那时，我被分配到高一（6）班。南昌六中的高一（5）班和（6）班为文科班。我的初中成绩不理想，自然被分配到文科班了。可是，当时我不知是脑里哪根神经出问题，高一时我的成绩又好了起来。这时，教学改革不知又被哪位领导发现高中分科有些不妥，南昌六中第二年中止文理分科，对部分学生进行班级调整。于是我从（6）班被调整到（7）班，一直到高中毕业。

高一年级时，我的成绩有所提高，这有赖于老师有效的教学方法。那时，教我们班数学的老师叫胡彩凡，是位个儿不高、满脸皱纹、门牙外飘的老人。据传她是解放前毕业的大学生，一辈子从事教学工作，教我们的时候，都快退休了。她教学有些特点，她会把复杂的数学讲得饶有趣味、通俗易懂，让我们对数学产生兴趣。数学学好了，其他功课也就慢慢赶上来了。高一时学校开始给我们开设外语课。当时，全国学习苏联老大哥，我们只能学俄语了。教我们俄语的是黄声华老师，我记得她小小个子，皮肤细白。她骑一部蓝色的凤凰牌女式单车，那时这样的自行车是高档物品。黄老师声音清脆，读起俄文来很动听。她对我很好，她知道我喜欢俄文，就介绍苏联中学生小朋友给我认识。我简单地写俄文信，她帮助我修改，然后寄出去。我收到苏联小朋友的来信，信中还夹了许多邮票，我非常高兴。后来由于大家都知道的政治原因，两国关系恶化，从此中断来往。我高中毕业，考上了江西医学院。黄老师告诉我，她的侄女比我早一年进江西医学院。她介绍她的侄女给我认识，还请我与她侄女去她家吃过一次饭。我记得她用桂圆炖肉给我们吃，太甜了，我们难以下咽。她的侄女也成了我的好朋友，直到现在。因为她的先生从事像我一样的专业——神经外科，是我的学长。也许这就是大家说的缘分。这时，我们真正感受到教师是传道、授业、解惑的职业所在。

　　谈起我们的老师，自然离不开其所在的学校。学校的老师也离不开当时的时代。时代改变了他们的命运，也影响了我们的一生。命运是不可抗拒的。老师曾经被称为"灵魂工程师"，而现代很少有人谈及这个名词。传道、授业、解惑是教师这个职业概念的解释。我想这二者肯定有些不同，值得大家去思考。教书、育人是老师的职责，但教书容易，育人难。育人应该是国家、社会、家庭都应该承担的责任。

我的父亲

　　我父亲有三兄弟，他是老大。三兄弟的名字都以旺字来起名，黄财旺、黄宝旺和黄细旺。也许是祖父指望家族发达，而给儿子们起一些吉利的名字。这也都是中国人的习惯思维：自己穷怕了，只能把希望寄托到下一代。

　　我父亲是一个非常普通的老百姓。我想给大家作一个比喻，那就好像草原上的一棵小草。草原看上去一片绿色，而每一棵小草如此相似。但对我来说，他的样子令我记忆深刻，至今我脑海里仍有我父亲的片段记忆。当然我父亲并不是什么高大的形象，没有什么过人之处，正因为他是我父亲，所以我才能记得住这一切。

　　我父亲其貌不扬。他才一米七的个子，身板瘦小，稀疏的头发向后梳着，黑白相间的短胡须像草一样，杂乱无章。他是个裁缝师傅。据说我未曾谋面的祖父丧失了劳动力，较早就把年纪不大的父亲送去当学徒工。

　　学徒工由师父家管饭，这样家里就减少一张嘴。解放前，中国的手工业者，像木工、铁匠这些行当，手艺的传承都是师父带徒弟的方式。学徒，要先有一个拜师仪式，请师父和师母吃酒席。在酒席上，学徒向师父和师母磕头，敬酒。从此以后，徒弟吃住都在师父家里。学徒生活是从替师父家干家务活开始，洗衣、做饭，每日理所当然是徒弟干的活，而且还必须把师母伺候好。只有这样，师父才会让你到他身边学一点手艺。学徒三年，师父是不支付任何报酬的。所以，以前老百姓都称学徒过的是童养媳的生活。

在我有记忆的时候，我父亲已经自己独立开店做生意了，现在社会上很少有人开这样的小店做衣服。解放初，人们要想穿新衣服，一般是自己选择自己喜欢的布料，然后把布料交给裁缝店，裁缝师傅就给你量体裁衣，用手工把衣服做好交给你。开裁缝店要求也不高，有一台缝纫机，有一个大一点的案板就可以接活干了。记忆中我们家穷，租不起大街上的店铺，只能在自己住的房子走廊上架起案板接生意。我父亲做的大多数都是街坊邻居的生意，也有一些亲戚朋友。每逢过年过节，父亲就比较忙一些。因为大家都希望过年过节穿上新衣服，尤其是小孩，希望有新衣服穿。所以，每逢临近年关的时候，父亲经常加班干活，往往做到深夜。我父亲身体状况不怎么好，他患有支气管炎和哮喘。可他又喜欢抽烟。那时社会底层老百姓喜欢抽水烟，现在很少见那种水烟了。那水烟筒是黄铜造的，烟具有一个小水箱，扁方形水箱上有两个管道，一个小弯曲管道为烟嘴，另一个矮的直管道稍粗，是用来装烟的。烟是用烟叶切成的细丝。父亲在工作之余，便会坐在小座椅上，抽上一袋烟。他有支气管慢性炎症，抽起烟来就会引起呛咳，接着，吐出一阵泡沫的痰。他身边经常放着一个装痰的罐子，我小的时候经常会去帮他倒痰罐子。这个时候，我母亲在一旁会抱怨他："咳嗽的人不能抽烟，你偏要抽这个该死的烟。"一般情况下，父亲把她的话当耳边风，继续抽烟不理会她。有时也会反唇相讥地说："你知道什么，不抽烟痰哪里出得来。"这个是我父母经常吵架的话题。最激烈的时候，父亲生气会把烟筒摔在地上，不过几天以后，他又把烟筒擦干净继续抽起来了。幸好那烟具是铜制的，一般摔不坏。

　　我母亲是从农村出来的人，不认识几个字。解放后，我母亲参加识字扫盲班，才能认识自己名字这几个字。我们家里主要是靠父亲做手工活赚钱养家。过年过节生意比较忙，可是父亲的身体又不好，加班干活有时候也完成不了。过年前经常有人来催要衣服，父亲做不出来只好赔着笑脸向人家道歉。事后，母亲又会抱怨他，说："你做不完，就不要接那么多生意。干死干活累坏身体，人家来催又有意见。"我父亲听了生气，但是没有办法，有时他也会顶几句："不接活怎么赚钱。"这件事情也是我们家父母经常吵架的原因。生活也是一本无奈的书，看哪页都有不尽如人意的地方。有时也毫无办法，只有熬着活下去。

　　后来，父亲在家里的生意越来越惨淡，为了赚更多的钱，就在南昌市绳金塔附近租了一个小店面。那个小店面只是用来做生意，不允许住的。因此，每天收摊子后，父亲要从绳金塔附近走回家来。那时我七八岁吧，我不上学的时候，有时陪他从店里走回家来。有一次我陪他回家，父亲走得很慢，我想他可能有点不舒服，他慢步走到一个小商店门口停下来，伸手在身上摸了半天，我见他摸出了几分钱来。他把三分钱给店里，买了一个皮蛋。那时一个皮蛋只要三分钱。父亲坐在人家门口的阶梯上，开始剥那个皮蛋。他看了我一眼，觉得有一点愧疚，而后一个人慢慢吃起来。我当时年纪虽小又调皮，但我知道父亲身体不好，我只是静静地站在一旁等待着他。父亲吃了那个皮蛋后，我们就慢慢走回家了。我们家就是这样的经济状况，有时吃了上顿想下顿。有时我姐会带我到菜市场去，捡一些人家卖剩的菜叶子，带回来给家里做菜。我上初中的时候，父亲的病到冬天发作得比较厉害。那时我大姐开始在公交公司工作了，她是第一代女司机。她有家属的医疗卡，就帮助父亲住院治疗。我母亲也带我去医院看过了几次。后来，父亲身体稍微好一点，继续帮人家做衣服，也只是三天打鱼、两天晒网的。父亲带着有疾病的身体，艰难地干活来维持家用。母亲有时候也帮人家做点小零活，补贴我们上学的费用。每当开学的时候，母亲就会到居委会开证明，证明家庭经济困难，免除学杂费。我读书的成绩不是很好，按现在的情况早已被淘汰了。时代决定命运，初中升学关键时刻，我正好碰到国家政策有新的改变，毕业时学校动员学生上高中。结果，我从南昌四中升到南昌六中。到了高中毕业，又碰到自然灾害国家困难时期。鉴于家庭的经济情况，我本来打算找份工作干干，但一时摸不着头脑，只好硬着头皮去试一试考大学。这个时候，父亲身体越来越不好，基本上不能干活了，只能靠母亲一个人在居委会帮忙，赚一点钱，有时向政府申请一点补助。唉，人生就是这么有意思，虽然我家里经济困难，我却阴差阳错地考上了大学。当然我上大学享受的是国家给的"双甲助学金"。

虽然大学就在南昌市，但学校规定，每周周末才能回家。我记得有一次我正在上课，突然有一个我们家的邻居来找我，告诉我，我父亲快不行了，叫我赶紧回家去。幸好学校离家也不算太远，我急急忙忙就往家赶去。我们家住在南昌市朱紫巷的小平房。等我赶到家的时候，我父亲已经躺在床上，好像神志不清了。周围有几个邻居七嘴八舌在旁边议论，母亲在一旁哭泣。大家看到我来了，出主意人的声音更多了。我脑海一片空白，看见父亲面色苍白，双眼紧闭，张开口透大气。我一时无措，不知如何是好。邻居亲戚要我躺到床上去，他们告诉我，父亲在我怀里过世是最好的，临终后有继任。他们指挥我，我爬上床，躺在床上后抱住父亲。父亲的眼始终没有睁开，呼吸越来越慢，最后停止了呼吸，我父亲就这样躺在我怀中去世了。

我们家的顶梁柱倒了，就这样倒在我的怀中。尽管那柱子不那么结实，但毕竟是顶梁用的柱。临终后有继任，我作为家里最长的男丁，义不容辞要担当家庭的重任。那时我才刚上大一，还不满二十岁。我决定辍学去工作，可遭到亲戚和家人的强烈反对。这样我只有继续念大学。

对于大多数人来说，父亲，应该是家里的顶梁柱；父亲，应该是家庭的担当；父亲，应该是家里人的靠山。许多人以父亲为题材写了不少的文章。许多小朋友在天真烂漫的童年受到父爱如山的关怀，在他们读书的时候，有时也会写以父亲为题材的作文。我之所以写这篇文章，是为了那些忘却的记忆。我年幼的时候，从未写过关于父亲的任何文字。我想虽然现在时代已经不同了，父亲所担当的角色却永远不会改变，实际上就是责任、担当。那个年代，生活是那么贫穷，物质是那么缺乏，但无论如何父亲都需要承载家庭的重担。

天边的彩云

　　午夜时分，我在睡意朦胧中听到电话铃响了，由于职业的习惯，我翻身拿起电话接听，电话那头声音嘈杂，只听到电话里旁边有人说："太晚了，天亮再说。"我习惯性地向对方呼叫几声："喂，喂。"对方没有回答就把电话挂断了。我放下电话，心中纳闷，电话好像是从老家打来的，那声音像是弟妹的声音。我有一种不祥的预感，可能是家里出了什么事。本想再打电话过去问问，可电话那头说了天亮再说。既然是这种情况，那就耐心一点吧。已到午夜时刻，如有急事，他们肯定会再来电话的。

　　不出所料，天亮后弟妹又打来电话，告诉我们，母亲病危，要我们全家火速赶回老家去。我们急忙准备，匆匆上路。当我们赶回家时，九十多岁的老母亲已经认不出人了。当晚我守护在她身旁，看到她双眼紧闭，呼吸微弱，我双目含泪，凝视着她。母亲的生命现在有如一盏油灯，灯油耗尽，生命的灯火岌岌可危，极力挣扎着，闪烁微弱的光焰。

　　次日上午，母亲那微弱的呼吸静止了，时间在那一刻凝固了。她安详地紧闭双眼定格在那里，她的生命就此结束了。我看到如此景象，禁不住内心的悲伤，号啕大哭起来。我完全失控了。我有生以来，如此伤心，如此大哭，哭了如此长的时间。泪水如泉涌，泪奔如水泻。我越想控制自己，反而越控制不了。此时我才真正体会到子欲养而亲不待的心情。

人逝世后，要安放在地上，这是当地风俗。我看到脸色苍白、安静地躺在地上的母亲，内心悔恨交加。母亲从来没有去过北京，从来没有坐过飞机。我曾计划让她坐飞机去一次北京，一直没有实现。不是这样忙，就是那样原因，实际上自己没有把这事放在心上。母亲从没有要求过什么，有时候向她说安排旅游，她只是笑笑。现在她躺在地上，一切都凝固了。世界上的一切对她来说，名副其实都是身外之物。我想到这些，双眼泪水抑不住又流出来。

母亲的老家在南昌县塘南靠近鄱阳湖边缘的农村。她一字不识，解放后，到南昌市生活时，参加街道扫盲班学习认字，才会写自己的名字。由于父亲身体虚弱多病，我们家因此经济拮据，生活贫困。我是我们家的长孙，我的小名叫"小毛"，我有两个姐姐。说起来比较复杂，也许是家境贫困的缘故，也许是受封建残余思想影响，大姐几岁时，就被送给别人家了，可能可以换一点钱。当时母亲又有奶水，去帮有钱人带养个女孩，挣点奶水钱，以补贴家里日常开销。可是，时代风云变幻，战争改变了许多人的命运。母亲带养的女孩，其家人因战争失去了联系，于是这个吃母亲奶水长大的女孩便成了我的二姐。说实在，二姐与我们虽无血缘关系，可她是吃母亲奶长大的，母亲视其为亲生，十分疼爱。奶水替代血缘，二姐从小照顾我，我从未感到有什么生疏，一直将她视为自己的亲姐。

我记不起来自己幼时的情景，到后来长大一点才听到亲戚们说笑，了解自己幼时的糗事。据说我吃母亲的奶水，一直吃到5岁。也许与我是家里的长孙有关，也许是母亲对我的溺爱。那时幼小，每当我要求吃母亲奶水时，亲戚们就会逗我，吃奶前必须向在座的各位长辈们鞠躬致谢，得到大家首肯后才能吃。因此，幼小的我为得到母亲的奶水，向在座各位长辈作揖鞠躬致谢，逗得大家十分开心。母亲总是笑着给我喂奶。我想我是吸着母亲血水长大的孩子。后来，为了摆脱母乳对我的诱惑，邻居们建议母亲在乳头上涂黄连水，让我尝到苦乳的味道，放弃吃母亲奶水的想法。如此颇费周折，才使我戒断奶瘾。年幼的生活隐私，回想起来，我是最受母亲恩慈的人。

幼年的我，还有一个最坏的毛病就是尿床。小学时我都还尿床。尤其冬天，南昌天气寒冷，幼小的我十分调皮捣蛋，白天在地面上打珠子球，推铁环，没有静下来的时刻。到了晚上睡得像死猪一样，尿床也不知道。次日，母亲发现我尿床，睡在湿漉漉的被子里。母亲从来不责骂我，最多叹息一声，唉，怎么又尿床了。接着帮我打理，用竹竿把被子架到太阳底下暴晒。有时邻居大婶会取笑说，你们家小毛又画地图了。母亲会笑着回答，玩野了。这些儿时糗事虽已记不清了，后来听说，犹历历在目。慈祥的母亲用博大的胸怀呵护着自己的儿子，母亲生我时，血肉相连；母亲养我时，奶水相哺；母亲照顾我时，慈心相呵。世界上哪能用什么言语表达母爱呢？这是生物的本能，这是物种的渊源，只有母亲才能做到，只有母亲才会完成人类至高无上的使命。所有一切赞美之词，都显得苍白，所有一切歌颂都不足以表达对母亲的敬仰。就像日月之光，空气与水，母亲就是我们生命的神灵。

我母亲的名字叫陶秀英，她身材高大，脸庞颧骨略高，一双粗糙的手，支撑着我们的家。虽然母亲识字不多，但她积极参加社会活动。我们家住在南昌市朱紫巷的时候，母亲被街坊邻居选举为居委会的妇女代表，曾参加过西湖区妇女代表大会。因此，街坊邻居都亲切地称呼母亲"陶代表"。后来，母亲又当选为街道居委会的妇女主任。我们住的那条街道上，街坊们都认识我母亲。哪家婆媳口角，哪家姑嫂矛盾，必定会找我母亲去调解。母亲心地善良，设身处地为每家调停，苦口婆心反复劝说，为街坊群众，排忧解难。

"大跃进"年代，我们所在的那个居委会也办起公社食堂，母亲辛苦地为街坊群众煮饭。自然灾害年代，母亲在自家门口两平方米的空地上，挖土种菜。家里粮食短缺，经常用空心菜来煮饭，盛在碗里吃的时候，只见绿色，白色的饭粒好像夜幕中的星星点缀在那里。年幼的我们狼吞虎咽吃完，仍觉得腹中空荡荡的。我们用不懂事的双眼看着母亲，母亲只好无奈地把她正在吃的剩下不多的饭菜分给我们。有时为了让家里人填饱肚子，母亲会找一些榆树叶与粮食混合着吃。天灾人祸，大家饥饿贫困，度日如年。十指连心，只有母亲连自己的性命也不顾，呵护子女。真是世上难找华丽词汇来描述慈母之心，世上难奏动听的音符来歌颂慈母之德。

后来，在云南思茅的二姐，因丈夫在部队被划为右派，一家都被遣回江西老家。母亲有包容之心，在我们家自己房子里让出一间住房安顿他们。再托我姑姑的儿子，将二姐安排到江纺当工人。当时，二姐家生活处境极度困难，母亲视她为亲生的一样，全力帮助他们家，共同渡过生活难关。二姐最后生了一个小儿子，患有先天性唇腭裂，母亲又帮忙喂养，一口一口先自己咀嚼，尔后喂孩子，硬是这样一天一天喂养，才使这个孩子得以生存。点点滴滴的生活，母亲用心去经营；点点滴滴的小事，母亲用心去做好；点点滴滴的平凡，母亲用心去完成。伟大不是空洞的，平凡是实在的，只有实在的平凡才构成伟大的境界。

往事不堪回首，流逝的年代，难忘的岁月。弹指一挥间，几十年光阴似东流水，一去不复返。那些都是家里琐碎的过去，也许对其他人来说，只是老百姓寻常的故事。然而，对亲身经历的人，那就是历史，永远在心中不会遗忘。忘记过去，就意味着背叛。

按照家乡的风俗，我们将母亲运回老家乡下——南昌县渡头乡黄坊村安葬，把她葬在父亲坟旁的空地上。乡亲们帮忙处理，在这个城市郊区寸土寸金的地方，实在不易。一切办完妥当，我坐在坟地旁的河沟堤上，看着小丘状的墓地。那是我父母安息之地，古言道，人入土为安，他们入土了，一切都安静了。世上的一切金钱、功利与时间，对他们来说，真正地成为身外之物了。我含着泪水，抬头看到湛蓝色的天空，在天空的西边，我看到一片云彩。那云彩随风轻轻移动，随风慢慢变幻，我的双眼被泪水模糊了视野，似乎觉得那片彩云不停变幻，它好像在伸长，伸长成一只手，那手带着轻轻的微风，温暖地伸向我，触摸我的面庞，是风，是云，我全然不知，只感觉它轻轻地擦干我的泪珠。我感觉那好像是我母亲的手，我感觉到了，真正地感觉到，感悟到了……我写下了以下一段文字：

　　黄昏，我看见天边的彩云，那是母亲的微笑，那是母亲的灵魂，彩云映照晚霞，一片祥和的云。黄昏，天边变幻的彩云，它好像伸出手，抚摸我的面庞，擦干挂着的泪滴，送来温馨的真情。黄昏，晚霞伴随那彩云，染红了西边，那飘逝的彩云，无论何处，都触及了我的心灵。

琴声隽永　爱心馨艺

黄隽是"广州好人"。"广州好人"是由广州市民评选出来的。一个偶然的机会，我认识了黄隽。

话要从一年前说起。那天，我看《广州日报》，无意中发现广州老年大学正在招生。我想去找一个既可锻炼身体，又能提高艺术修养的科目。权衡利弊，我决定去参加舞蹈班。报名的那天，我到学校一看，不敢说人满为患，却也称得上人山人海。许多中老年人在那里选择自己的学科，我初来乍到摸不着头绪。经询问之后，发现舞蹈班名额早已满了。我心里不免有些失落，只好放弃自己的愿望了。回到家后，我的脑海里总是想起这事，我那犹豫不决、患得患失的坏毛病又犯了。第二天，我觉得自己还是要再去看一下。我在大学报名处感受到那么多人的热情，看到那么多人的追求，被他们的精神感动了，最后我抱着试试看的心态，决定报名小提琴班。我想我人生中最短板的就是音乐了，常常唱歌五音不全常跑调。我最多是学生时代冬天冲冷水澡，浴室里高叫几声那种水平。我想参加小提琴班，能学则学，不行则退。另外，小提琴要双手运动，同时用脑，又有音乐熏陶，这对防止老年痴呆肯定有好处的。哲学家说，性格决定命运。也许这就是优柔寡断又不想放弃的性格决定的事情。

开学了，给我们上课的是一位年轻漂亮的女老师，她姓韩，名悦。犹如她的名字一样，像月亮一样有光而不耀眼，使人赏心悦目。她清纯可爱的面孔，温柔细水般的声音，给我们这些饱经沧桑的学生带来了春天般的气息。她那娴熟的演奏技巧，轻巧自如的手指，把一曲曲动人的歌曲演绎得生动精彩。更重要的是她教学耐心，像我们这样的学生甚至比孩童更难教。我们这些老骨头反应迟钝，有不少坏习惯，要在艺术的殿堂里行走，必定是异常困难的。可是我们的韩老师耐心、细心，像幼儿园老师一样教我们。她从来不当面批评学生，她总是鼓励我们。只要有学生稍微进步，她从不吝啬自己的鼓励，让学生产生学习的兴趣，以诱导、启发的方法让我们这些老学生们感受到音乐艺术的魅力。

时间过得很快。在我们学小提琴期间，广州市开展评选"广州好人"活动。其中有一位是广州交响乐团的青年小提琴演奏家——黄隽，韩老师将他推荐给我们认识。一般的情况下，我不太喜欢参加这样的活动。我上网认真地查了一下这位青年小提琴演奏家的资料，看完后，让我一下子感到了一股清新的气息。

2011年，黄隽创办了广州音乐沙龙。广州音乐沙龙的宗旨是"脱下燕尾服，走出音乐厅，把最接地气、最正能量的古典音乐传播到千家万户"。我想作为一个青年艺术家能有这样的思维，真是难能可贵。我们都知道古典音乐给人的感觉是阳春白雪，人们往往对此敬而远之。要把古典音乐传播到千家万户，这不是件容易的事。黄隽没有停留在口号上，他带领广州音乐沙龙，携手越秀区培智学校，让那些孩子们接受音乐的熏陶，用实际行动诠释他们的追求。爱心是一种善良的表现。一个善良的人用艺术去传播爱心，用音乐的魅力去启迪人的心灵，这样的人不愧是"广州好人"。我投下了我神圣的一票。结果不负众望，黄隽被大家评为"广州好人"。

后来，在我们 17 小提琴二班上课的时候，韩悦老师请来黄隽来作教学助演。他为我们这些老学生表演了小提琴演奏，他那娴熟的技巧、炉火纯青的动作，令我们耳目一新。尤其左手四个手指，在黑色的指板上像跳动的芭蕾。快速演奏像雨打芭蕉，慢节拍演奏又如行云流水，演奏出抑扬顿挫、沁人心扉的乐声。我们这些小提琴刚入门的翁少们听得如醉如痴，如此近距离欣赏这样高水平的演奏的机会还真是不多的。

事后，黄隽递给我一张名片。我一看，真有意思，他的名片上写着"锯木小黄"。我一时纳闷了，他怎么是锯木工？不对，他是小提琴演奏家呀。哦，我仔细想了一下，就明白了。原来他把拉小提琴比喻成锯木。我见过不少艺术家，如此幽默自嘲的，他还是第一个。我想想也是，刚拉小提琴时，声音也有点像锯木头的声音。真是一年锯木头，二年锯竹子，三年才拉弦，学小提琴真不是一两天工夫能学会的。冰冻三尺，非一日之寒。有人说钢琴是音乐之母，而我想小提琴应该是音乐的女儿。钢琴有固定的键盘，手指在键盘上跳动，弹出美妙的音符来。而小提琴四弦上的手指犹如青春少女活泼开朗，婆娑的舞姿，可潇洒变化，演奏出动人的音乐。也许我这是门外汉谈音乐，班门弄斧了。

不久，我们了解到黄隽与韩悦老师还是一对小提琴伉俪。这真是琴弦联鸳鸯，音符伴情侣。因此，我想，认识黄隽这位小提琴演奏家应该是迟早的事，也是必然的结果。

日月穿梭，时间飞逝，老年大学17小提琴班一年的学习就要结束了。我们这些老顽童学习小提琴也有两个学期了，不管我们学成锯木也好，锯竹也罢，韩老师决定让全班同学在学期最后一节课，举办一场每个同学都参加的汇报演出。同学们听了情绪高涨，纷纷报名参加，节目单前后都修改两次了，还有同学要参加表演。这真体现出老衲不畏年纪迈、艺术海洋展身手的风采。

终于迎来本学期的最后两节课，那天阳光明媚，班上有几个同学早早就来到了教室。她们带来一些彩带，把教室布置得有一点演出的气氛。黄隽也陪着他夫人——我们的韩老师一起来了。上课时，林班长代表全班同学向韩老师献上一条红色的"哈达"，感谢韩老师一年来辛勤的教学。接下来上课，韩老师让每位同学按照自己选择的音阶演奏一遍。演奏音阶时，每位同学都拉得很认真，尽管有的同学因紧张，拉得不那么流畅。

课间休息，下节课就是表演时间了。同学们按照节目单上的顺序来表演。第一个节目，演奏《欢乐颂》。这是韩老师要求全体同学必须参加的演奏。因此，同学们分成五组，每组几位同学一起演奏《欢乐颂》，由黄隽带来钢琴伴奏。尽管我们演奏得还不够熟练，尽管我们的演奏还会出错，尽管我们演奏的音不是那么准，然而，大家都是那么认真，每个人都在尽自己的能力发挥。大家演奏完后，欢乐的笑声都在为我们自己的表演喝彩。接下来，第二、第三个节目是由几位同学演奏第三、第二号"小步舞曲"。接着更有意思的节目是由两位老师伴奏，同学们一起唱的《莫斯科郊外的晚上》。这首歌对这群人来说，意义非凡。这是我们这一代人年轻时唱的歌，歌声把大家带回了那个早已忘却的时代，让大家忘记年龄，燃起青春般的激情。此时，同学们都沉浸在欢乐之中。廖远英、陈虹勋和李井莲三位同学吹起葫芦丝来，那动听的"婚誓"把大家的思维带到了异国他乡。更有意思的是李井莲同学弹《曼陀铃》，吴锦超同学用手拨小提琴给她打节拍。当他们弹出"掀起我的盖头来"的音乐时，周树荣和王凤珠两位同学竟然跳起舞来了。他们跳着，大家高兴地用手打节拍，非常兴奋，忘记了自己的年龄，忘记了一切。是音乐给大家带来欢乐，是音乐给大家带来激情。

汇报演出最后，黄隽、韩悦夫妇为我们演奏了几首小提琴名曲。夫妇二人配合默契，琴声动人，余音绕梁，三日不绝，不愧是杰出的小提琴演奏家。我想艺术家不仅自己在艺术上造诣要精湛，更重要的是要有爱心，一颗甘愿为群众付出的爱心，并且还能用自己的行动践行这颗爱心。黄隽、韩悦夫妇，这一对小提琴演奏家真正地用自己的行动，努力地把高雅的古典音乐普及给芸芸众生。

青春灿烂，琴声隽永，爱心馨艺。这是我们对黄隽、韩悦夫妇的评价。

百姓工匠　造就艺术

　　刚学习小提琴的人，对于自己应该使用什么样的琴来演奏，心里并不是很清楚。但当你学了一年以上，对小提琴有点感觉了，那时候对于用什么琴来演奏，自己内心就会有一种不同的渴求。

　　广州老年大学 17 小提琴二班的明珠同学，在买小提琴时认识了一位制作小提琴的师傅。据她所说，这位师傅为人不错，有的同学把琴带过去，师傅会免费帮忙修理一下。据有的同学反映，明珠同学的琴经过修理，声音似乎比原来好了很多，甚至有一种"丑小鸭变成天鹅"的感觉。这下引起了老年大学 17 小提琴二班许多同学的浓厚兴趣。大家在微信群中讨论了几天后，几个同学最后约定，于下周二上午去小提琴制作工作室一探究竟。

　　那天是广州冬季里最冷的一天。北方大雪纷飞，天寒地冻，气温降到了零下几十度。温暖的广州也被南下的冷空气横扫，天刮着寒风，下着细雨。人们穿上厚厚的衣服，把身体裹得严严实实的。

　　以前有一句话："人穷穷在债里，天冷冷在风里。"那天寒风伴着细雨，洒在人的脸上犹如针尖般刺痛。这样的天气，相信大多数人都愿意留在温暖舒适的家里。可是今天大家已经约好了，遵守约定就是信任，遵守时间就是责任。这样，老年大学 17 小提琴二班的几个同学们相约上午十点，在广州西场的松北站见面。

十点还不到，同学们陆陆续续到了西场松北站。天仍不停地下着雨，然而这样的天气丝毫没有影响到我们的情绪。可谓"天寒难压内心暖，冷雨难阻情绪高"。虽已历尽沧桑，但大家对学习新生事物仍抱有浓厚的兴趣。特别是明珠同学，热情安排，极为认真，不畏严寒，陪我们去见制作小提琴的师傅。

我们在师傅工作室小区的屋檐下等了片刻，也许是天气的缘故吧，师傅姗姗来迟。看样子他似乎是从比较远的地方赶过来，只是为了满足我们这些老同学的愿望。大家见师傅冒着如此恶劣的天气赶来，心中一阵温暖。

小提琴制作师傅姓黄，名叫浩权。由于与我同姓，同根同祖，不经意间，我们很快就亲近起来。当他知道我是一名脑科医生时，他告诉我要是早一点认识我就好了，也许他哥哥就会得到更好的医疗帮助。他的哥哥因脑部疾病，在几个星期前过世了。他在我面前抱怨了一些医院和医生不近人情的话。看样子他比我的岁数要小一些，他个子不高，双眼鱼尾纹刻画出岁月的沧桑，脸上带着慈祥的笑容。他的衣着极为普通，看上去他就是一位寻常老百姓，于茫茫人海之中很容易被淹没。他带我们一行七人到他的工作室去，他的工作室在一栋居民楼九层的一个单元。我们这些年过半百的老同学，一步一步气喘吁吁地爬上了这高不可攀的九楼。我们走进了左边的一个单元，环视了一下房子。这是两房一厅的结构，房子十分破旧。从建筑上来看，房屋可能是20世纪70年代的建筑。在房子的厅堂里，进门的左边墙上有一个开放的大橱窗，橱窗内挂满了一排排制作好的小提琴，唯独这一点才能显示出这是一间制作小提琴的工作室。其他地方散放着几个琴盒。有一间卧室可能是黄师傅的工作室。卧室靠窗有一个工作台，窗户上有一根铁丝，上面琳琅满目地挂满了小提琴的琴码。卧室里到处放着一些小提琴的附件和修理小提琴的工具。

这是我第一次接触这样的小提琴制作工作室。出于职业的习惯和好奇心，我冒昧地问了黄浩权师傅几个问题。我问黄师傅他制作小提琴的历史，他告诉我们，制作小提琴是他的家族传承。他的外祖父是制作小提琴的工匠，他的父亲在外祖父家，开始主要是学习小提琴的油漆工艺。他的父亲很勤劳，同时向自己师兄弟学习制琴。也许是他父亲工作勤快，做人诚恳，因而赢得了外祖父女儿的芳心，成了师父家的乘龙快婿。而到他这一代，在制作小提琴方面，黄师傅自然得到了父亲的指点。

引起我兴趣的另一个问题是小提琴制作过程中上油漆的重要性。以我职业的习惯爱说关键词。黄师傅告诉我，小提琴的油漆有三点重要性：第一，给予小提琴漂亮的外观。好看的外观给人不一样的感觉，犹如新娘穿上婚纱，格外妩媚动人。第二，油漆可以把小提琴的音箱进行更严密的封锁。这样小提琴就会产生更好的共鸣音响，使声音更加悦耳动听。第三，油漆有保护作用。小提琴是由几块木料胶合而成的，好的油漆可以保护胶合木板，而胶也不会因岁月的流逝而失效，这样琴身才不会散架。

我听了以后觉得很有道理。任何事物要做到完美，每一个细节都至关重要。大家不是说细节决定成败吗？我想做小提琴的每一项工艺都说明了细节的重要性。

接下来黄师傅替我们几个同学修理小提琴。为了对小提琴有进一步的认识，我便站他身后仔细观察。他先替我们 17 小提琴班的林班长修理。他发现林班长的琴弓弯度不够理想，琴弓弯度的弹性影响马尾在琴弦上的运动。他为林班长修理了琴弓中控制力度的螺杆。接着修理琴码，我发现黄师傅既替她换了一个琴码，又对琴码进行了手工加工修理，尤其是他对琴码与音箱接触面的两只脚进行了反复修理。我寻思这可能有道理的，因为小提琴四根弦的震动，一定是通过琴码传递给音箱的。因此，琴码的好坏，特别是琴码与音箱的接触面一定会影响声音在音箱上的传递。黄师傅还把两个琴码放在一起比较给我们看，两个琴码脚的宽度不一样。他告诉我们，琴码脚的宽度有所不同，可能影响声音的效果。然后他又修理林班长小提琴音箱里面的音柱。他用一个小工具把音箱里的音柱取了出来，他告诉我们这个音柱不是太好，准备给她换一个音柱。这时候我才知道，音箱里面还有一个小圆棍，这个顶在主面板和底板之间的小圆棍，名叫音柱。由于音柱顶在音箱里，也会影响小提琴的声音质量。

接着黄师傅又替我们班的何万里同学修理小提琴，大家一边看着黄师傅修理琴，一边无拘无束地谈笑风生。黄师傅告诉我们，他是一个基督徒，只有初中文化水平。我听了就纳闷，他这样的文化水平，是如何对制作小提琴感兴趣的呢？又是如何下功夫把小提琴做到更精致的呢？我想除了他父辈有制作小提琴的渊源外，还要他对制作小提琴感兴趣才行。也许我与黄师傅还是初次见面，了解不多。当今是个多元的社会，三百六十行，行行出状元。我想制作小提琴的人应该是属于工匠，工匠精神就是执着与追求。

一般来说，拉琴的不会制琴，制琴者也不可能成为演奏家。制琴者制成一把好琴，演奏家才能演奏出悠扬动人的神曲。从黄浩权师傅身上，我看到了百姓的工匠精神。这一点，让我想起修钟表的人，师傅在那小小的圆圈里，游刃自如地修理细微的零件。这就是工匠，平凡的工匠。也许黄师傅制作的小提琴比世界顶级的相差甚远。然而，这种精神是相同的。没有琴，怎么演奏？没有琴，音从何而来？他们为演奏家提供了演奏工具。他们制作出精良的小提琴，演奏家方可演奏出婉转悠扬、悦耳动听、沁人心扉的音乐来。

一位癌症患者的追求^①

> 人的价值并不取决于是否掌握真理或自以为真理在握，决定人的价值的是追求真理的孜孜不倦的精神。——莱辛

癌症，这个谈虎色变的字眼，令人听而生畏。它意味着人生旅途快到终点了。

刘胜利，一位 35 岁的中年知识分子，正值事业的黄金年华。然而，可怕的胰头癌正吞噬着他的机体，折磨着他的精神，干扰着他的事业……

在强者面前，死神也得退避三分。刘胜利没有自暴自弃，没有苟延残喘，他有自己的追求，走自己的路。

"路，没有走错。只是走急了一点。"

> 时间不能增添一个人的生命，然而珍惜光阴却可使生命变得更有价值。——卢瑟·伯班克

---

① 此文曾发表在 1985 年第 6 期的《聪明泉》上。

1980 年 11 月 13 日上午，上海瑞金医院手术室内紧张而繁忙，等候在门外的亲属焦虑而不安。

七个小时过去了，年逾花甲的老院长傅培彬拖着疲倦的步伐，走出了手术室。他手中的报告单上醒目地写着：刘胜利，胰腺乳头腺癌Ⅱ级（半钙化）。胰腺和胃切除三分之二，胆囊、十二指肠和大网膜全部切除。

白纸黑字，一清二楚。患者昏迷不醒，亲人悲痛欲绝。

在刘胜利住院的日日夜夜，他的爱人马桂元食不香，眠不安，洒下了多少悲伤的泪水，发出了多少揪心的哀叹！如今，她伫立在丈夫的病床前，思潮起伏，悔恨万千……

她真的后悔，悔不该当初让他去报考研究生、进修生。那时候他简直是拼着命在学习，每天深夜就寝，清晨起床。他说："现在一天要当三天用。"如此拼命，为的是追回十年动乱浪费的岁月。

她真后悔，悔不该当初让他连续自学几门外语。对一般人来说，掌握英、俄、日语，已经够满足了。可他认为多一门外语就多一把掌握知识的钥匙。为了学习德语，他四处拜访老师，每天不辞辛苦骑车到江西大学求教。

她真后悔，悔不该当初让他一口气翻译一百多万字的美国斯坦福大学教材《电路》一书，他每天工作至深夜，呕心沥血，付出八千多个小时的艰苦劳动。

……

妻子的心，是仁慈的心，悲伤的心。

刘胜利从昏睡中醒过来，第一眼看见面容憔悴的妻子，深感内疚，思绪万千⋯⋯

他想起，多少个日夜，她默默陪伴着自己工作；他想起，多少个星期天，她里里外外忙碌从无怨言；他想起，两人在学校一起学习的岁月；他想起，两人在医院同甘共苦的日日夜夜⋯⋯

此时此刻，他无须用什么甜言蜜语来安慰她，只是语重心长喃喃地说："我现在不是蛮好吗！我前半生过得很有意义。路没有走错，只是走急了点。但是我精神上很充实，没有什么值得后悔的。"

是的。这些朴实的言语，正是他们俩对事业、对人生的共同追求。

手术后，刘胜利瘦到只有80多斤，两眼凹陷，头发焦黄，瘦骨嶙峋。他了解自己的病情，更知道生命的价值。他要与病魔搏斗，与时间争夺。手术后二十五天，刘胜利背着胆囊引流瓶坚持起来散步，每天忍住伤口的剧痛做仰卧起坐。他好不容易吃进一点食物，吐了，又坚持再吃。这样做，为的是在很短时间内恢复体力。他常同病友们谈笑风生，为的是从脑子中驱走癌症的阴影！

1981年初，刘胜利回到南昌。尽管他的身体非常虚弱，但他想到的是要与生命争时间。他找资料、查辞典、写卡片，着手编写一本五十万字的《英日德俄汉电子线路常用词汇》。

同年秋天，刘胜利到上海复查病情，一天早上，他起床后

练了一个小时的气功，身体十分疲倦了。但他想到来上海的机会难得，就带上煨好的中药来到上海市图书馆，潜心在资料堆中。由于体质虚弱，力不从心，在一阵头晕眼花后，他只得伏案歇息。围观者对这位外地人投来了敬佩的目光。

难道不可以停下学习，休息一段时间吗？难道人们会指责一位癌症患者苟且偷生吗？不是！人各有志。刘胜利对人生有自己的信条：生命的长短虽不能自己决定，但时间却可以自己支配。分秒必争，就潜在地延长了生命。这便是一个癌症患者的时间逻辑。

"我没有什么'高境界'，只想到人应该付出代价。"

对于人来说，最痛苦的莫过于战胜自己。——大松博文

人生是一个大舞台，每个人都扮演着不同的角色。刘胜利，中等个子，瘦削的身体，鼻梁上架着一副眼镜。他衣着朴素，络腮胡子毛毛草草，有些不修边幅。他说起话来亢奋有力，内含干一番事业的牛劲和书生气质。可他老是说，和普通人一样，并没有什么"高境界"。

说起他的家庭，却非同一般。刘胜利是原江西省委书记刘俊秀同志的儿子。有这样优越的条件，按理说是无忧无虑，万事如意的。然而刘胜利并没有因此而选择一条轻松的生活道路。他牢记父亲的教导，选择了自己的道路——一条生活和学习都非常艰苦的道路。他说："人生在世，要想活得有意义和

价值，总要吃些苦，总要付出点代价。"

1964 年，刘胜利考入哈尔滨军事工程学院。两年后正逢"十年动乱"，但他不想混日子。从 1968 年开始，他刻苦钻研起无线电技术来。在简陋的学生宿舍里，他利用废零件、旧材料，边看书边动手装制万用电表、电子示波器。这些小制作的成功，诱发了他对电子学更为浓厚的兴趣，进而激发了他对电子科学的热爱。

1971 年，刘胜利被分配到南昌无线电厂工作。他遵照父亲一贯反对干部子弟利用特权谋取私利的教导，以普通技术人员身份参加单脉式导弹雷达的测试工作。一开始，他负责"大波门与自动增益控制波门""自动频率控制"和"前置放大"三个分机工作。之后，他又搞了两个月发射机。最后调到雷达整机组负责调机记录。虽然工作简单枯燥，可他半点也不马虎，领导把他放在哪里，他就在哪里认真工作，就在哪里发出光和热。

在调机工作中，他以敏锐的思想提出"优选法"和"纵横比较法"，在调机工作中测试积累了几千个重要参数，记录了 9 本笔记，使四套三种分机的数据指标达到并超过要求。

1973 年他调到江西电视台担任电视转播车技术维修工作。他先后完成了五项技术革新，增添了两项电视设备，解决了进口彩色接收机改频的两个特殊难题。1974 年以后，他干脆住在电视台。调机、看书常弄到深夜。后来，领导让他领加班费，他一分钱也不要。无怪乎电视台的工人师傅称赞说："如果都像小刘这么干，我们的事业早就成功了。"

是的，刘胜利就是这样一个怪人。他有他的哲学观，金钱观，人生观和追求。他妻子说过这样一段话："人总不是十全十美的。我的爱人刘胜利同样存在一些缺点，例如主观、急躁、对孩子的教育缺乏耐心等。但是他也有许多优秀品质，如事业心强、高度专心致志、能吃大苦、始终充满信心、治学方法好等。钢铁般的意志以及见义勇为等品质聚集于他一身，是难能可贵的。他在生活上从不追求物质享受，在事业上完全依靠自己的艰苦奋斗。"

这份妻子对丈夫的鉴定书，有"实事求是之意，无哗众取宠之心"。刘胜利就是这样一个实实在在的人。

"为了事业，希望再活五年、十年……"

在科学的入口处，正像在地狱的入口处一样，必须提出这样的要求："这里必须根绝一切犹豫，这里任何怯懦都无济于事。"——卡尔·马克思

1979 年刘胜利在翻译英国谢菲尔德大学 F. A. 本森教授的教材《电子学习题与解答》一书时，他大胆怀疑，认真思考，查出原文中 100 多处错误。为了慎重起见，他请上海交大顾福年教授做了审定。

事后，他把出版的译著寄给了作者，远在千里之外的本森教授怀疑刘胜利是否把英美不同的单词拼写法也当成错误，并说他特别注重过数学符号、运算单位和计算公式。教授在回信

中说："如果您友好地寄一份查出错误的复制品给我，对于您的发现，我将加以评价。"事后，刘胜利寄去五大页正确与错误对照表和几个重要公式的详细推导过程，使这位世界电子权威无言以对。

虚假的学问比无知更糟糕，它像一块长满杂草的荒地，几乎无法把草拔尽。1983 年 9 月，国家某部电视电声研究所两位同志首先把搞到的"牡丹牌"彩电上用的五块松下 A.N 系列 IC 内部总电路图，草草做了分析，急急忙忙把一大堆稿件交到《无线电》杂志编辑部。由于许多内容是照抄日本人写的"MN 机芯讲座"，有的重要电路工作波形照搬都搬错了。同年，刘胜利在北京看到了这些译稿，指出上述错误。经编辑部研究审定，认为十分中肯，决定把全部稿件退回给作者。

自 1980 年手术以后，刘胜利花了三年心血编著了《彩色电视机专用集成电路》一书，由北京的人民邮电出版社出版。书稿中共 200 多张集成电路的线路图，似密密麻麻的蜘蛛网，盘根错节，如人体中条条血管，脉脉相通，稍有疏忽，都会给电视机带来影响。高度的责任感使他牵肠挂肚。白天，他对每张线路图认真分析审查；晚上他又在灯光下校对文字。由于疾病的原因，他每天上午九点左右就感到腹中不适，一定要躺下来休息一会儿。为了不浪费这个时间，他把线路图挂在床边。他说，这可以让身体休息，而头脑继续工作。一个立志献身事业的人，他的生活与普通人是不一样的。

1984 至 1985 年两年时间里，他先后在《无线电与电视》《无线电》《电子技术》和《电视技术》等专业杂志上发表了十多篇有价值的学术论文，对日本的东芝、松下、三洋和日立等彩色电视的集成电路进行了深入的解剖，受到有关专家的高度赞扬。不要说是一位癌症患者，就是对一个正常人来说，短短两年能取得这样的成绩都是非同小可的。

有一次，在山东济南，中日双方就引进彩色电视机生产线的问题紧张地进行谈判。日方为了封锁技术，不肯提供集成电路内部线路图，使谈判陷入僵局。中方代表在迫不得已的情况下，把刘胜利发表的集成电路 TA7193AP 和 AN5620X 分析文章的复印品交给日方。如此详尽的分析，使日方大吃一惊，甚至怀疑他们的技术已失去保密价值，不得不向我国提供五块集成电路的内部线路图。

刘胜利为中国人出了一口气。可这一口气包含着多少千辛万苦，包含了多少难熬的日日夜夜。前不久，济南半导体元件实验所、济南半导体总厂正式聘请刘胜利担任彩色电视接机收机专用模拟集成电路的技术顾问。

一个胰头癌患者，医学上认为手术后只能活三年，而刘胜利现在已经生活了五年。在这五年中，他同疾病顽强斗争，创造了医学上的奇迹！他在登攀科学高峰时创造了"小人物"战胜"大权威"的奇迹！

应该说，刘胜利真的胜利了！

今后的路怎么走？还是用刘胜利自己的话来解开悬念吧："我能够再活多久，这就难说了。但我希望再活五年、十年、十五年，为祖国的电子事业多做一点贡献！"

缪印堂与科普漫画①

漫画像一面哈哈镜，会夸张地反映出一个人的瞬间表演。它构思独特，线条幽默诙谐，描绘人们思想、生活和工作中的现象，讽刺那些不良作风，使你看了会发笑，在笑声中得到启示和教育。这就是人们喜欢漫画的原因。

缪印堂是我国美术界一位颇有名气的漫画家，他自20世纪50年代以来就一直活跃在漫画艺术的天地里。

十年动乱，他遭到了和许多人一样的不幸。1976年，他从干校调回北京，先后在《文艺研究》《大众电影》和《民间文学》等杂志担任美术编辑。有些人对他调到科普研究所有些迷惑不解，一位有成就的专业画家，怎么跑到科普领域中去了。但他认为科普漫画是一块处女地，要有人去探索，去开垦，他愿做一个开垦者。

缪印堂与科普漫画的结缘，还得从1961年说起。当时，《科普大众》杂志的编辑约缪印堂画反映科学题材的漫画。他满怀热情地创作了四五组科普漫画。由此，他便对科普漫画产

---

① 此文曾发表在1984年第6期的《知识窗》上。

生了极大的兴趣，从而走上了开拓科普漫画新天地的道路。

漫画的表现力强，科普漫画更具有浪漫主义色彩。缪印堂走进科普漫画的新天地后，就发现它的题材广泛，形式多样，不拘一格，而且不受时间、空间的限制。大到宏观世界，画宇宙见闻；小到微观天地，画原子结构。而且漫画形式生动活泼、趣味性强，能把抽象的事物、枯燥的科学原理通过画面表达得清清楚楚。因此漫画也是开拓青少年智力的良师益友。

在十几年的创作实践中，缪印堂不断总结，技艺日臻完美。他把科普漫画不同表现形式归纳为独立性科普漫画、漫画式插图、漫画连环画和漫画式图解。独立性科普漫画有科学内容的主题和适合它的艺术表现形式，是艺术构思上、思想内容上完美的作品；漫画式插图本身不能独立存在，只能附属在科普文章中，用生动的形象帮助读者理解文章，从而增加读者对科普读物的兴趣；漫画式连环画采用夸张的手法，通俗地表达一个连续性故事或问题；漫画式图解则通过夸张、比喻等手法，使刻板、无味的图解变得生动活泼。

缪印堂是一位高产的漫画家，他发表了许多受到读者欢迎和喜爱的作品。1980年日本《读卖新闻》举行首次国际漫画大赛。缪印堂的《百发百中》获得这次比赛的佳作奖。这幅幽默画，描写一个人先射箭后画靶，因而"百发百中"。这是一副看后令人深思的作品，它告诉人们主观思想符合客观环境，才是有的放矢。凭主观意志去办事，强迫客观环境的靶围绕主观思想的箭，则是无的放矢。1981年，缪印堂的漫画

《矛盾统一》再次获得日本《读卖新闻》国际漫画大赛佳作奖。这幅作品描绘一家老少四口人围绕在一台四面有屏幕的电视机前，观看各自喜爱的节目，有哭有笑，各得其乐。电视在今天已成为人们生活中必不可少的娱乐和学习工具，然而人的爱好各异。因此这幅作品提示人们将来的电视可能要发展成四面荧光屏，才能解决一家人对不同节目的选择，从而鼓励科学家去研究创造。

缪印堂在国内各种报刊上发表的作品，也深受读者的欢迎和喜爱。在1982年的全国漫画展览上，他的漫画《讲经》获佳作奖。此外，他还有许多作品在国内外报刊组织的漫画赛上获奖。

缪印堂经常谈到，科普漫画是漫画中的新品种，过去虽有，但真正引起重视还是近几年的事。它好似刚刚萌生的小树苗，需要人们去扶植、浇灌，让它在科普美术的百花园中茁壮地成长。而缪印堂不正是这百花园中一位辛勤的园丁吗？

披荆斩棘的开拓者①
——记国家级有突出贡献的中青年专家曹勇

在人生的道路上，有人随波逐流，有人开拓进取；有人安于沿着平坦的大路向前，有人却喜欢在崎岖的小道上攀登。曹勇就是一位披荆斩棘、开拓新路的人。

一、过去只能成为历史

谈起曹勇，人们很自然会联想起有关他治学的趣闻轶事。被称作"火炉"的南昌进入了三伏天，酷热难熬的人们纷纷寻找阴凉处纳凉祛暑。而曹勇别出心裁，他找来一只大脚盆，盆中装满水，坐在里面看书。这即能降温，又不受干扰。正如伟大数学家华罗庚所说："凡是较有成就的科学工作者，毫无例外地都是利用时间的能手，也都是决心在大量时间中投入大量劳动的人。"

夜深人静，当人们沉睡在甜蜜的梦乡中时，曹勇却把这作

---

① 此文曾发表在 1988 年第 3 期的《聪明泉》上。

218

为苦读攻关的最好时光。鲁迅先生说得好："时间，每天得到的都是二十四小时，可是一天的时间给勤勉的人带来智慧和力量，给懒散的人只能留下一片悔恨。"

曹勇是靠勤奋带来智慧的。他13岁投身革命，在解放军部队当一名卫生员，小小年纪便经受了战火的考验。从黑龙江打到海南岛，硝烟弥漫的辽沈、平津两大战役中，有过他的身影；横渡长江解放全国远征中，到处有他的足迹。他浴血奋战，为救护伤员立过两次大功一次小功。解放战争结束后，年轻的曹勇决心献身人民的医疗卫生事业。1954年他就读于中国解放军第八军医学校，以36门功课门门优异的成绩毕业。但曹勇并不就此止步。他深知，知识的山峰登得越高，眼前展现的景色就越壮观。1964年他又考上了武汉医学院研究生，在医学专家管汉屏教授的指导下，攻读"休克的防治"研究课题，这为他后来从事急救医学打下了坚实的基础。

按曹勇这些经历，他完全可以在平坦的生活道路上平稳地走下去，去享受同代人所有的一切，任何人无可指责。然而，曹勇不是这样，他要奋斗，要开拓。事业心驱使他不能停下脚步，科学中的未知吸引他去探索。正如伟大领袖恩格斯所说："有所作为是生活中的最高境界。"

二、勇于走向陌生世界

1973年，曹勇在麻醉科工作。他亲眼看到一个异物掉入气管的患儿，在手术取出异物时，由于缺乏合适的人工呼吸器械无法输氧而窒息在手术台上。面对被死神夺去生命的患儿，他惭愧地低下了头。他想，如能在手术取出异物的同时，又给患儿输送氧气，那该多好啊！可是长期以来，手术中使用的都是气道密闭的呼吸机，要给氧就不能在气道中进行手术，要在气道中手术，就得停止给氧。这是多么尖锐的一对矛盾。曹勇在这对矛盾面前犹豫了。

夜深了，曹勇房间的灯光依然亮着。他望着橘红色台灯深思。无知者是不自由的，曹勇想，路都是人闯出来的，不去开拓，哪有新路。功夫不负有心人，曹勇终于在美国萨德斯的一篇论文中找到了一点启示。科学发明的明显特点是累积性，后人踏着前人脚步更上一层楼。这样，曹勇决定赴京、沪拜访医学界的前辈专家，可惜此行没能收到明显的成效。

曹勇面对这个新课题，焦急、苦闷。然而，顽强的毅力可以征服世界上任何一座高峰。通过观察琢磨，他发现喷漆工人使用的喷枪，通过压缩空气的压力均匀把漆喷在汽车上。他想，如果让一种装置纯粹地喷氧气，这不就可以给患者使用了吗？于是，曹勇在前人一些理论的启发下，制成了我国第一台简易喷射通气装置。

曹勇望着通过自己艰苦拼搏而诞生的"新生儿"，脸上露了一丝苦笑。他忘不了那些帮助自己加工零件的工人同志，忘不了与自己日夜奋战的技术人员。曹勇首先把这个装置应用于支气管镜检查中，解决了供氧同时又做手术的尖锐矛盾，排除了术中缺氧的危险。紧接着，曹勇在市电子公司同志的帮助下把它改造成气动电控开放式高频喷射呼吸机，并将此机成功地应用于开胸手术。

　　一个人在正常情况下，每分钟呼吸 20 次左右，如果运动的话，增加到三四十次，甚至五六十次。而高频通气可以让人每分钟呼吸次数达到 60 次以上，甚至一百多次。这种与生理迥然不同的通气频率，达到了令人迷惑不解的程度。因此，对于曹勇及其合作者发明的高频喷射呼吸机，人们抱有成见式的怀疑，或怀有兴趣的观望，这都可以理解的。因为直到 1984 年荷兰鹿特丹和美国纽约举行的高频通气国际专题讨论会上，对它的评价仍是众说纷纭。

　　1979 年 9 月，曹勇带着高频喷射呼吸机来到哈尔滨，参加全国首届麻醉学术会议。他在会上，报告了喷射通气配合开胸手术 16 例的成功经验。这一成果比国外报道的同类成果要早三年。

三、向更高目标奋进

　　伟大的巴斯德说："使我达到目标的奥秘是我的坚强精神。"曹勇从 1973 年开始研究高频喷射通气，从呼吸机的诞生到临床应用，经历了近九年时间，克服了一个又一个巨大的困难：机械、电子、生理和生化专业知识的不足，极差的实验条件，没有经费等，但他以坚韧不拔的精神，披荆斩棘一往无前。

1982 年 4 月的某天，南昌春意盎然。曹勇额头渗出了细汗，他既紧张又兴奋。今天，就要在医学院领导的主持下，邀请国内著名专家对他的开放式高频喷射呼吸机进行鉴定。这是多少年日夜奋斗的结果，这是几方支持、众人协作的结晶。专家们经过讨论评定认为：“高频喷射呼吸机具有开放状态下进行通气的性能，为我国麻醉和急救医学增添了一项新武器。”

紧接着，曹勇及其合作者在研制喷射呼吸机的同时，对高频喷射通气进行了一系列的动物实验和临床研究，并在学术刊物上发表有关论文 21 篇。其中《经气管导管喷射通气 250 例报告》被编入 1984 年的《中国外科年鉴》。

高频喷射呼吸机得到批量生产后，很快推广到全国，数千家医院使用它抢救患者和配合手术，病例数达 2 万例以上。截至 1986 年年底，各种形式的开放式高频喷射呼吸机共销售 2500 余台，产值超过 300 万元。这个产品获得国家经委优秀新产品奖、江西省优秀科技成果一等奖以及国家发明三等奖。1986 年高频喷射呼吸机被选送到莫斯科展出。

艰苦拼搏给曹勇带来了成功，成功的开拓给他带来了荣誉。经过长途跋涉的人，也许应该停下来享受一会胜利的喜悦，而曹勇并不是这样。真正会思考的人，往往会从自己的不足中吸取比在成功中更多的营养。曹勇和他的合作者决心向更高的目标迈进，不断战胜困难，设计新一代产品，其中有国际首创的增加二氧化碳排出的双阀共一气道的呼吸装置，而新设计的吸入气体湿化的“微型加温湿化装置”已投入临床使用。

最近，他们与南昌飞机制造公司合作研制的电脑控制多功能喷射呼吸机已被列入国家科委的"星火计划"。

现在，对于曹勇来说，迎接他的处处是鲜花，与此同时，还有一座又一座未被征服的高山。人们期待着他的新捷报。

谜语故事三则①

一、于勤之招婿

明代江西名医于勤之，膝下无儿，仅闺秀一对。姐姐名于敏芸，眉清目秀，妹妹于丽芸，身材窈窕。姐妹随父自幼攻读诗书，阅览医学经文。因此她俩不仅诗文超群，而且医道也非同一般。

光阴似箭，日月如梭。转眼一对闺秀长大成人。于老先生时常为女儿婚事思虑。一日，全家在花园纳凉。皎洁明月，高挂空中。银光洒满大地，万物青黛。于夫人触景生情，便含笑问道："敏芸吾儿，男大当婚，女大当嫁，自古有之。不知吾儿对终身大事有何打算？"妹妹丽芸抢先笑道："姐姐早已想好，要选个才貌双全的郎君。"

"哦？敏儿，是吗？"

敏芸起身答道："孩儿不敢，只依父母就是。"

---

① 此文曾发表在 1983 年第 6 期的《南昌卫生报》上。

"哈哈，吾儿不必多虑。有话尽管说出来。"于先生在旁高兴地说道。

敏芸再起身，向父母施礼，然后说："谅孩儿胆大直言，古言道'郎才女貌'，依我看这郎君嘛，要与我志同道合，有真才实学。"敏芸停了一下，接着又说，"现孩儿有谜语一个，若年方二十左右男子，不仅父母看得上，还能猜得中我出的谜语，女儿愿以身相许。"

不过几日，于府上有不少后生前来猜谜相亲。

谜语是这样的：似虫非草，深山易找。像花无果，湖中难寻。（打两中药名）

二、于勤之诊病

明代江西名医于勤之，祖传为医，能察言观色，望闻问切医治百病，名声传遍数省。

一次，某知府女儿贵体欠佳，久患成疾，四处求医，未得治愈。知府听说于勤之的名望，便遣人请于诊治。于诊了小姐的脉，问了病情，然后便开一张药单交给知府，要他派人速去配药。

知府命家人丁乙去配药。丁乙年方十八，眉清目秀，小时读了几年书，平时喜文弄墨，深得知府的喜爱。

丁乙拿起药单赶忙前去。不一会工夫，他却回来了。此时，于勤之正与知府饮茶闲聊，知府见丁乙回来，便问："药可配好？"

丁乙回答："大人，药方中缺一味药。"

"缺哪味药？"

丁乙便笑着念了一首诗："其名最值钱，双亲一枝花。清热起妙用，解毒就缺它。"

知府听后不解其意，正要发怒，于勤之急忙起身在知府耳边嘀咕了几句，知府便含笑点头。

亲爱的读者，您能从这句诗中，猜出是缺哪味药吗？

三、于勤之收徒

明代江西名医于勤之，祖传为医，名扬四方，不少久病成疾的患者，千里迢迢来府求医。

北雁南飞，春去冬来。过了数载，于先生在大女儿出嫁后，觉得家中十分冷清。

这日，全家晚饭后，小女儿丽芸给老父亲沏上一杯香茶，二人围着火盆闲聊。忽然，窗外传来阵阵笛声，婉转悠扬，沁人心脾。于先生触景生情，便吟诗道："谁家玉笛暗飞声，散入春风满洛城。此夜曲中闻折柳，何人不起故园情。"

"妙！"丽芸拍手叫绝。

"此诗文是谁人佳作？"于先生问女儿。

"唐代李白。"女儿含笑回答。

"嗯。我儿不愧是为父培养的高徒。哈哈……"于先生捻须而笑道。

父女俩话意正浓时，堂前不觉进来一人。他头戴四方帽，身着锦绣青衣，风度翩翩，一派学士打扮。

丽芸发现后，便起身叫道："娘舅何时来此?"来者笑吟吟说："已来数日。前去杭州府办公，路过此地。"娘舅坐定后，便说："姐丈医术高超，收一厚道人为徒，将祖传医术传下去才是。"

"内弟言之有理，正合我考虑之事。"于先生说。

丽芸忙插嘴道："收徒也要找个聪明之人。"

娘舅笑道："你有何法证明其聪明与否?"

丽芸道："我有谜语一个，若能猜中，便证明此人有几分聪明。"谜语是这样的：一家七兄弟，独有闺秀女。兄弟穿绿装，秀女火红衣。（打一草药名）

亲爱的读者，您知道这个谜语是指什么草药吗?